我想要的只是一个拥抱而已

橘子 著

人民文学出版社

著作权合同登记号　图字 01-2011-5146

图书在版编目(CIP)数据

我想要的只是一个拥抱而已/橘子著.—北京：人民文学出版社，2012
ISBN 978-7-02-008903-1

Ⅰ.①我…　Ⅱ.①橘…　Ⅲ.①长篇小说-中国-当代　Ⅳ.①I247.5

中国版本图书馆 CIP 数据核字(2011)第 266428 号

责任编辑：杜　丽
特约策划：周　洁　王铁华
封面设计：贺霹雳

出版发行　人民文学出版社
社　　址　北京市朝内大街 166 号
邮政编码　100705
网　　址　http://www.rw-cn.com
印　　制　山东新华印刷厂德州厂
经　　销　全国新华书店等
字　　数　156 千字
开　　本　850×1092 毫米　1/32
印　　张　8.5
版　　次　2012 年 4 月北京第 1 版
印　　次　2012 年 4 月第 1 次印刷
书　　号　978-7-02-008903-1
定　　价　24.00 元

[自序]

两个名字，是这本书的由来。

曹正彦，书里男主角的名字，也是，我哥哥的名字，在满十八岁的那年，因为车祸意外而骤然离世的、我的哥哥；转眼已经十年，但感觉却还是昨天，十年前的昨天。在《不哭》的序里，我曾经写过这段话，而几年之后的现在，我发现，这心情，依旧是。

是在台北的那两年，我记得，那两年大概会是我人生中唯一的 OL 生活，而当时的工作是广告文案，每天我尽量让自己出现在办公室里，开电脑、泡咖啡、吃饼干、说老板坏话，然后花最多半小时、最少点两下鼠标的时间写文案(或者我们戏称的功课)，然后剩下的时间，先是闲聊再是上网，而当时我上网，百般无聊于是心生一个念头，我 Googel 我哥哥的名字，结果却没有任何的资料显示，空白得好像我的哥哥从来不曾在这世界上存在过那样，而当下我的感觉是有点难过却不太意外，因为哥哥走得太早，早得甚至当时网络还不太普遍；只是，虽然心底是这么明白着，不过还是……嗯。

第二个名字是萧雨萱。

算来是我第一个开始认识的读者，在她之前，我其实是非常和读者保持距离的那种作家，一方面是习惯性的低调，一方面希望写作和生活区分开来，不过小雨却在某种程度上改变了我；或许是因为这个改变，或许是因为她名字里的雨，我发现我很想要用这名字写个故事，而故事里，还有我哥哥的名字，曹正彦，在此之前，Google 不到却真实存在过的名字，寂寞的名字，这，我这辈子最遗憾的名字。

这念头这故事从二〇〇七年初的冬天酝酿，直到夏天，才顺利启笔，最后是秋末，我完稿。

在它之前，每当被问起我认为的代表作时，我总毫不考虑地回答：《你在谁身边，都是我心底的缺》。然而在它之后，我想我会改口，因为我打从心底希望，我的这本《拥抱》，能够超越我的《缺》；因为书里的名字，因为书里的故事，也是因为，我真的认为，它超出了我的写作能力。

谨以此书，纪念我真正存在过、却不曾拥抱过的哥哥：曹正彦。

二〇〇七冬，雨夜里

[目录]

开场白

给我一个，重新认识你的机会。

之一

曹正彦

当我接到她的电话时只感到错愕以及不解，直到挂上电话时依旧是；因为首先，我们连认识都称不上，不，更正确的说法是：知道，但不认识。

我知道她的名字，因为这名字拥有某种程度的知名度，这名字拍过几部电影，上过几次访问，露过几次脸，还有，消失了很久，久到不再被谈论，却又还不至于被完全性遗忘的那种程度。

我和这名字的主人见过一次面，是工作的场合，不是记者会就是什么商业派对之类的工作场合，没记错的话当时我才刚进唱片公司工作，有个很厉害的办公室，很厉害的名片抬头，跟很厉害的名人打交道，手中有还不错的资源，虽然比起当时的她来还算有那么一点的小巫见大巫，不过总体而言，已经算是相当厉害的人生了，对于这样的一个我而言。

为什么？

在电话的开头，她先确认是我本人之后，接着在沙哑的声音里她简短地自我介绍，然后略略地说了些我听不懂的理由，最后作为这通突兀电话的结束，她问我今天方不方便见个面。

在电话里她的用语很有礼貌并且客气，可是她的声音里却有明显藏不住的、明显藏不住的什么，感觉很像寒流来袭时的冬天，太阳是在天空露脸了，可是温度依旧叫人哆嗦那样；并且，就算只是透过声音而非见到本人，依旧明显感觉得出她有种不允许被拒绝的姿态，与生俱来的那种。

姿态。

所以我没有拒绝她，我于是答应她，在短短一分钟不到的通话之后，而时间是早上九点过一会，我记得很清楚，因为这通常是我起床的时间，当然前提是如果我还有工作的话。

为什么？

我失业已经将近一个月了，部门裁员是原因，而其实对于这结果我完全不感到意外，因为唱片业已经不景气很久了，太久了，主流的流行音乐都已经风光不再了，更何况是我们这进口非主流摇滚乐团的部门。

我没有赶上音乐界的美好年代、大牌歌手动辄唱出百万销售量的美好年代、歌手所要做的只是把歌唱好的单纯年代，对于这点其实我是没有什么好抱怨的，因为反正我也没有贡献过几张钞票在主流音乐上，我买的是唱片，还有原版的摇滚乐团 CD。

我只是有点难过我这几年经手进口的唱片不再会有被欣赏的机会，就算只是被摆在唱片行角落等待着少少的人将它们拿起的机会也没有了，而那些真的都是非常好的乐团、非常棒的音乐呐！Underworld，Chemical Brothers，Orbital，Prodigy，Faithless，Infusion……数不清呐。

为什么？

起床，慢吞吞地我洗脸、刮胡子，因为时间很多的关系，我甚至又冲了一遍澡，接着把音响开到最大，在厨房里我给自己煎了两颗荷包蛋和培根，切了一片厚火腿和奶酪，然后装盘，接着从冰箱里拿出可乐打开瓶盖，就着音乐吃个摇滚味的早餐。

虽然已经尽可能刻意地放慢速度吃早餐了，可是距离约定的时间还是很久，久到足够我再一次犹豫要不要回高雄老家去的决定？叹了口气，这个问题再一次地困扰住我，于是点了根烟，我抽，当烟捻熄时，这老困扰竟也奇异地消失殆尽了，真好，每次都管用。

关了音乐，洗了盘子，把可乐的罐子丢到垃圾筒之后，我要自己先出门去走一走，本来是打算散步到健身房的，结果却不知不觉地漫无目的地乱走了起来，就这样直到约定的时间将近时，我停下脚步想了想正确的方向，然后转身换了个方向，我继续走，走向和她的再见面。

为什么？

约定见面的时间是下午三点钟，而她挑了 N. Y. Bagel 这地方，我想要不是她住在这附近的话，大概是因为这里全天候提供美式早餐的缘故吧？她感觉上就是这时间才吃早餐的那种人。

我猜她大概也是那种无论醒在几点，但第一餐绝对是要吃早餐的人。

我大概提早了十分钟左右到达，本来估计是要等她一阵子的，因为除了她的电影之外，很会迟到是我（或许还包括所有人也不一定）对她的第二印象，然而结果当我推开大门时，却惊讶地发现她已经到了。

惊讶。

一推开大门我第一眼看见的人就是她，而她并没有认出我来；严格说起来她算是美人的那一型，白皙、大眼、高且瘦，可不知怎么的，所谓美女的元素在她身上却反而薄弱，薄弱到甚至令人紧张，好像不要恭维她这点比较好的那种。

紧张。

为什么？

“嗨！你好，我是曹正彦。”

走向她，我说，接着她抬头，有点困惑地望着我，仿佛她预期见到的并不是她眼前的这个我那样，困惑；我当下有种想要立刻掉头走掉的困窘感，我已经很久没有这样了。

短短一分钟不到的见面，她甚至连句话也没说，但却能够清楚地感觉到，这是个能够轻易左右别人情绪的女人。

清楚地感觉到。

“你好，先点些什么吃吧。”

她说。简明扼要，不多余也不客套，很像她的电影，或者应该说是，她这个人会有的作风。

点头，坐定，点餐，抽烟。

直到我的餐点送上之前，她都没再开口说任何一句话，仅是默默地抽烟，还有，喝咖啡；虽然隐约感觉到她好像会生气的样子，不过我还是笔直地打量着就坐在我眼前的她：马尾素净地扎在脑后，没猜错的话应该只是用黑色橡皮筋绑着吧？

她的脸上脂粉未施，搞不好连隔离霜也没上，她穿着灰色的棉质长裤，上身是无袖的白色 T 恤，脚上踩着运动便鞋，我有点佩服她的自在穿着，除了在健身房以外，我的眼睛已经很久没适应过这样自在穿着甚至是净素脸庞的女生了。

我总是很佩服在东区还能这样自在穿着的女生。

她还是我记忆里的消瘦，她其实是个高挑的女生，没记错的话身高应该将近一七〇，但此时坐在我对面的她看来却娇小，我想那大概是她驼背很严重的关系吧！

这是我第一次得以如此近距离地面对着她，而直到此时此刻，我才真正具体地感觉到她真的已经消失了好几年的这个事实；而令我自己也感到奇怪且错愕的是，她竟让我想起张靖，她们长得不像，她们气质不同，可是她竟让我下意识地想起张靖。

为什么？

看来她是没有想要说话的打算，没办法只好由我这边来打破沉默，于是我选择了挑明着说：

“如果你是想找电影配乐的话，那我已经离开唱片公司了哦。”

“唱片公司？”她看起来更困惑了，“不，可能我在电话里没说清楚，不过我已经很久不拍电影了。”

这下困惑的人不只她一个了。

捻熄了烟，我看见有抹微笑浮现在她的嘴角，浮现在她的嘴角，却没进到她的眼底。

好厉害。

“我已经很久不拍电影了。”

她又重复了一遍，然后把咖啡喝干，喊来服务生，她要求续杯，我不知道这是她续的第几杯咖啡，不过我留意到这年轻的服务生并没有认出她来。

我已经很久不拍电影了。

说完这句话之后的她，感觉像是身体的某个插头突然被插上通电了那般，把新鲜的咖啡送进嘴里穿过胃袋之后，她突然没头没脑地说起大量的话来，大量的话，用快转的速度由她嘴里送出，这点她倒是和以前一样。

她讲话的速度很快，快得让人感觉到压力；无论是从前的她，又或者是此时此刻的她。

“刚开始的时候我还不太敢在公开场合露面，因为很不方便，我怕会被认出来，我怕又要聊我的电影，怕又要被追着问我的拍片计划，甚至连被要求评论其他人的电影我都感觉到害怕。”

“没有拍片计划，这句话在那阵子我起码讲了几百次那么多，可是没有用，因为没有人相信，也对，因为好好的，干吗不拍了？也对，所以他们还是问，打电话来问，写 E mail 问，跑到工作室去问，找我亲近的人问，连不亲近的也问；说破嘴也没有人相信我不拍电影了，而且你知道最好笑的是什么吗？说到了最后，连我自己也不相信了。”

“为什么？”

打从接到她的电话之后，就一直困扰着我的三个字，我没想到自己居然会挑在这个时间点问出，而且我十分确信自己是问错时间问错问题了，因为她看起来很不高兴的样子。

“抱歉,如果你不想聊的话——”

“没关系。”

打断我,她说,然后试着微笑以缓和这紧绷的空气,不过不太成功,显然她自从不拍电影之后也顺便忘记该怎么微笑了。

在心底我这么刻薄地想着。

大概是感觉到了我的不耐烦,于是捻熄了烟,她直截了当地问:

“你记得萧雨萱吗?”

她问,而我,怔住。

之二

萧雨萱

我感觉到他的不耐烦,我知道是时候了,于是捻熄了香烟,我直截了当地问他:

“你记得萧雨萱吗?”

我问,而他,怔住。

那怔住的表情告诉我他记得,那是个现在包含过去的表情,或者应该说是:过去瓦解于现在的表情。那正是我想要的表情。

不设防,并且,复杂的真。

纯粹的复杂。

我庆幸他没枉费我导了场好戏,因为我不要他以为主导场面的人是他,我庆幸自己导戏的功力居然还在,我于是突然有点怀念从前还是导演的那个自己,我——

你为什么不快乐?

我导了场好戏,在刚才。

刚才其实我是故意的,我感觉到他的防备,我察觉到他的伪装,我甚至感受到他的气馁、对自己的气馁,我于是决定引导他抽离这些，以情绪，我最擅长的情绪；我故意没头没脑地丢出那些大量的话语、崩坏的情绪、压倒性的混乱，好转移他的注意力，接着再措手不及地丢出这个问题：你认识萧雨萱吗？

为的是把他从防备里引导出来，引导出他真正的情绪，还有他真实的反应；虽然我还是不明白自己为什么需要这些？为什么需要见他一面？因为我真正想见的人其实——

你为什么不快乐？

我不是来欣赏他的保留，我不见得需要再一次地倾听他的故事，那确实是段精彩的人生，但那也不会是最精彩的人生，在我听过的故事里，甚至是对于我自己的人生而言；我需要的是他的眼睛，以他的眼睛看待这些那些的角度；但是他却保留，短短不到半小时的相处，就足够让我深深明白眼前的这个人是个保留性格的男人。

习惯把自己保留的男人。

如果使用导演检视演员的角度，那么他会是个天生的演员，因为他那张上镜头的好脸，他有张合适短镜头的好脸，因为他那双灵魂的双眼，甚至是他那比例恰到好处的高大身材；他会是个天生的演员，但他不会是我喜欢的演员，因为需要带戏，他太聪明，并且太防备，别人的聪明是好事，而他的聪明却有捉弄你的意图;他只开放自己愿意开放的那一面,绝大多数的人是这样,可是他不一样,因为这件事甚至只有他自己知道;他会把戏演好,演成他自己本来就是那角色似的好,但他不会放感情,因为他保留,而那会很可惜。

可惜。

当我不解释只表示从此不再拍戏时,每天每天听到的就是可惜可惜可惜,可惜这个可惜那个,可惜——

你为什么不快乐?

"我记得,怎么了?"

大约是一根烟的失措之后,他问,而我,犹豫。

凝望着他左手无名指间的旧疤痕,我听见我身体里的那个导演继续作用:

"我听小雨说过你颈后有个十字架刺青,可以让我看一下吗?"

"你为什么认识小雨?为什么突然找上我?你到底想干吗!"

很明显的,这次没用了。

叹了口气,燃起香烟,在一根烟的犹豫之后,我决定据实以告:

"我不知道。"

"你不知道?"

"对,我不知道。"我真的不知道。"我今天才回台北,从……不,我今天才到台北,打电话给你时我人还在火车上,追分火车站。"追分火车站,我故意强调这点,而他的表情让我明白这个故意没有白费,"我不知道为什么我想打电话给你? 我不知道为什么我会想要见你一面? 见了你之后我打算怎么办? 但我就打了那通电话,提出见面的要求,这样而已,希望没有造成你的困扰。"

他沉默。

"为什么?"

"因为小雨希望我这么做。"

他再度沉默。

"我是个导演,但我不知道你还记得我。"

"洛希,我记得,你很有名,我当然记得。"

"曾经很有名。"我更正他,"我试着想要尽可能正确地解释今天的见面,可是我发现那很难,因为你和我想象中的很不一样。"

"很不一样?"

"很不一样。"

他沉默,沉默地回忆着什么的表情。

"我以为你会是个大男孩,就算到了四十岁,也依旧是个四十岁的大男孩,这么说,你懂我意思吗?"

他懂，他戏谑地反问：

“结果我并不是？”

“当你把自己保留着时不是。”

“嗯。”

“于是当我发现你认出我之后，我在心底犹豫着该不该把这次的见面说成是我有部戏要拍，我准备好复出，我于是想听听你的故事，甚至我想邀请你加入，而那会很管用，对吧？”

“对。”

他说，坦白且直接地说，然后笑，和我想象中一模一样的笑。

“可是我发现自己并不想要骗你。”

“嗯？”

“你很……特别。”特别。这点和小雨描述过的他一样，特别。“所以我并不想要骗你，我是可以骗你，但我并不想要骗你。”

“为什么？”

“因为小雨。”

“小雨怎么会认识你？”

“说来话长。”

“你不想说？”

“是还没决定要不要说。”

“那我跟你也无话可说了。”

他说，然后起身，我看见他起身，但我看见的是，他回到过去的那个自己。

“我和小雨相处了整整三年，三年来的每一天，在医院。”

他停下动作。

“更正确的说法是，在精神病院，或者疗养院，随便！谁在乎要怎么正确地称呼它。”

你为什么不快乐？

“我后来崩溃了，这件事没几个人知道，但这就是为什么我消失那么久的原因。”

他坐回我的对面，他问：

“小雨怎么会在那里？”

“不，我刚才说得太快了，我在精神病院，而小雨在医院，三年前。”三年前，我故意再次强调这点，并且转移重点，“我们朝夕相处，这就是为什么我知道你的原因，她经常提起你，她让我对你感觉到好奇，这就是为什么我想见你的原因。”

“小雨后来当护士了？”

“也可以这么说。”也可以这么说，虽然不完全正确。“三年前，如果你还记得的话，那是你们最后一次见面，对吧？”

“七月三十一日，我记得，然后隔天，小雨就不见了。”

“你们看到蓝色月亮了吗？”

他不说。

“你可以给我一个拥抱吗？”

他凝望我，怔地凝望着我。

他记得。

“这是我第一次见到小雨时，她对我说的第一句话。”

“……”

“而我的反应和你一样。”

在冗长的沉默之后，他说：

“我们没有看到蓝色月亮，我骗了小雨，我……很抱歉。”

“但你打从心底相信那天会有蓝色月亮，对吧？”

他没回答，他反问我：

“这就是你为什么选在今天见我的原因？七月三十一日？”

我没回答，我反问他：

“你愿意从最初的那个七月三十一日说起吗？”

［第一章］

宿。命

你相信一见钟情吗？

我相信。

之一

曹正彦

自我保护。

从小我就是个自我保护欲极强烈的小孩，在十岁以前。

聪明不惹事，中庸不起眼。书念得不错，但不会出风头到拿第一名的那种程度；篮球打得不赖，但不会强出头到盖对方火锅的那种嚣张；家事会帮忙做几种，但没有零用钱奖赏就尽可能推托的那种；自我保护，不惹麻烦也不出风头的那种。

我不知道自己为什么从小就期许自己是个中庸不起眼的自我保护小孩，不过我想那大概只是因为我照着妈妈的期许来这样做而已。

“小彦以后会继承这个家族，可是在这之前，小彦要好好保护自己哦。”

“为什么？”

“因为我们家只有妈妈爸爸和爷爷是真心不会伤害小彦的呀。”

我不太明白妈妈这句话什么意思，因为那年我才五岁而已，而且，妈妈还没有离家出走。

妈妈还没有不见。

“还有小姑姑啦。”

“对，还有小姑姑。”

妈妈笑着回应，然后亲吻了我的额头，哄我睡觉，表示这段对话结束。

结束。

我其实出生于黑道世家，三代单传的黑道世家。

不过绝大多数的时间，我身边的童年玩伴、同学、朋友都压根不晓得这件事情，不晓得而且也看不出来，因为我们的家很安静，足不出户的妈妈、斯文高大的爸爸，以及我，这就是我们家的全部了。

我们不敦亲睦邻但也不吵不闹，没有一般家庭里惯常发生的夫妻吵架、打骂小孩、可怕的家庭式卡拉 OK……我们家比起一般家庭而言还要安静许多，安静太多，以至于有很长一段时间，我以为所谓的黑道就是很安静的意思。

老黑道。

爷爷是这么称呼自己的。

爷爷在爷爷家时其实就和一般爷爷没有两样，他慈祥而且溺爱他的独生孙子我，爷爷虽然不常和我们见面也绝对不到我们家里来，不过每次见面时，爷爷总是会把我抱在膝盖上，不厌其烦地重复着我们家的家规，或者应该说是，我们帮的帮规。

不能哭，不能主动挑衅别人，还有，绝对不能碰毒品。

老黑道，干干净净地存在于法治之外，当法治帮不上忙时，就出面处理纠纷的老黑道。

在遥远的年代里，本来就交游广阔、性格海派的爷爷搞不清楚是因为哪一个事件发迹进而声名大噪，不知不觉中每天每天开始有一大缸子的陌生人登上门来拜托爷爷帮忙处理事情，慢慢慢慢找上门来的朋友太多太杂，于是没办法的爷爷只好立下收费的规定，本来只是一个无心的玩笑，结果没想到后来却变成老黑道的前身。

处理事情。

爷爷是这么称呼他的工作的，爷爷的工作绝大多数的时候只消打几通电话、报上名讳、表达请求，还有，他罩谁；棘手一点的是让几位兄弟去登门拜访然后这些那些；最不得已的情形是爷爷亲自出面，而至于所谓的亲自出面是去做些什么说些什么？爷爷就总是笑着不肯说了。

“总之就是些害你爷爷被一清二清扫到的倒楣事啦。”

小姑姑说。

小姑姑是爷爷的小孩里面最不得他宠爱的一个，或许是因为她的终身不嫁，或许是因为她的格格不入，或许是因为她的难以管教，或许只单纯的因为她的妈妈离开爷爷……谁晓得，家族里的人对家族里的事从来不敢多说些什么，因为大家都很怕爷爷,我不知道他们为什么要怕,但我心想那反正不关我的事情。

我唯一知道的是小姑姑是家族里和我最亲近的长辈,而且爷爷其实怀疑她不是自己亲生的,不过很讽刺的是,我后来甚至是和小姑姑同住在一起度过我的成长期。

家族,庞大的家族,无论是有血缘关系的,或者纯道上兄弟的。

爷爷娶了四个老婆,四个老婆之间互不往来各立门户安静生活,只有逢年过节的家族聚会才得以打上照面,井水不犯河水,并且,没有人敢主动挑衅或者争风吃醋,无论是大人或者是小孩;前三个奶奶为爷爷生了很多很多的姑姑们,唯一敢离开爷爷的奶奶是小姑姑的妈妈,唯一为爷爷生下儿子的奶奶,是爸爸的妈妈,我的亲奶奶。

然而,爷爷自己并不和这四位奶奶(严格说起来只剩下三位了)同住,爷爷绝大多数的时间都是和他的亲信们生活,绝大多数的时间;我常想象爷爷其实是生活在现代的皇帝,他的地盘是他的朝代,他的老婆是他的后宫嫔妃,他的伟大事迹是他待过绿岛而且活着回来甚至势力还更强大,他的遗憾是他只有一个儿子而且还只有一个孙子,他的心事是把我抱在膝盖上时的那声无言叹息。

三代单传的黑道世家。

几乎是一点意外也没有的,当爷爷第一次被送到绿岛管训时，爸爸接手了爷爷的位子继续处理事情，爸爸处理得很好，爸爸处理得更好，地盘扩张得更大，人脉累积得更广，金钱累积得更多；而至于爷爷立下的家规，则被爸爸取消了第三条，改成是：不可以害怕。

“不要让敌人知道你害怕。”

爸爸说，在我们发现妈妈逃跑似的离开家时，爸爸只对我说了这句话，而那年我十岁，我还是不知道这句话什么意思，不知道，也不想知道；我只知道妈妈不要我了，我拼了命地回想是不是我不乖？会不会我做错了什么让妈妈不高兴？可是我想破头就是怎么也想不出来。

那天晚上我难过地躲在棉被里偷哭了很久，而这件事情只有我自己知道；我违背了爷爷和爸爸共同坚守的家规，而隔天，我犯下第二条：不可以主动挑衅。

隔天我醒来，赌气得连早餐也不吃就这么骑着脚踏车出门，我去到平常和玩伴经常待着玩的公园，那天公园里只有三个初中生正在打篮球，不知道为什么我放下脚踏车走到他们身边，我走到他们身边但却一句话也不说只是盯着他们，就这么一语不发地沉默直到他们奇怪地望着我，当他们奇怪地望着我的那个当下，我感觉到身体里的遗传因子正在蠢蠢欲动，我听见自己挑衅地问：

“看什么看！”

“什么看什么看！你才看什么看！”

就这样，我们互呛了起来，在漫无目的并且毫无意义的叫嚣声中，我选择其中一个戴眼镜的家伙当作是主要目标，我紧盯着他的眼镜走向他，二话不说就动手开扁，也许是反射动作也许是天生本能，从来没有打过架的我在那个当下却熟练地捉住他的头把他的脸往我的膝盖骨撞击，狠狠地撞击，没有道理也无需原因，藉故宣泄我的愤怒，无处可发的愤怒；我不知道自己是哪里来的力气，当另外两个初中生冲向我们想拉开我时，我反而连他们一起揍，我的拳头落在他们脸上，结结实实，我的脚踢在他们身上，暴力无理。

*不要让别人知道你害怕。*我心想。

一个人单挑三个人，不，更正确的说法是：一个小学生单挑三个初中生，我不害怕，我反而还赢了。

赢了。

终于停住手是因为那个戴眼镜的家伙害怕得嚎啕大哭，回过神，我看见鲜血流满他的脸，因为他的眼镜已经被我揍碎了一地，碎片还清晰可见地插进他的脸上；很奇怪的感觉，当下我终于感觉到害怕，确实感觉到害怕，那是我第一次揍人，第一次亲眼看见鲜血，可我害怕的不是他会失明、我会闯祸，却是我终究还是变成了妈妈害怕的那种人。

黑道。

我知道妈妈害怕黑道，虽然她从来没有说过。

妈妈害怕黑道，可是妈妈结果还是嫁进黑道，我不明白为什么。

我猜那可能是因为爱。

“这是我的地盘，以后不要再来这里！”

丢下这句话，我镇定地回家。把沾血的衣服丢进垃圾桶里，把暴力的拳头清洗干净，接着我若无其事地走到客厅打电话给妈妈，报告这事迹，我的光荣事迹。

妈妈接了电话，也听了我的气话，然后她挂了电话，在长长的叹息之后；接着黄昏时分，有人推开了大门走进来，那个人不是我期待的妈妈，却是我现在最不想见到的爸爸。

“不要再打电话给你妈了。”

这是爸爸开口的第一句话，而脸上写满的尽是无力感。

“为什么？”

“不用为什么，就当她死了，死人不会接电话，她以后不会再接你电话了。”

“为什么！”

我吼了起来。

“小彦！”

他也吼了过来，连带他的巴掌，吼过来，揍过来。

那是他第一次揍我，在我十岁那年，在妈妈逃命似的离家出走隔天。

“我不怪你打架，可是你不可以再打电话给你妈。”

平静了口气之后，爸爸又强调了一次。

“为什么？”

我问，大哭着问。

“这是为她好，她做了你爷爷会很不高兴的事情，而你只需要知道到这里就好。还有，”还有，“这个世界上只有你爷爷可以问我为什么。”

还有，我们家男人不准哭。在心底，我替爸爸补上这一句。

“我就跟你说这一次，所以你给我听好了。”叹口气，爸爸说：“你妈妈离开你，不是因为她不爱你，而是她不得不离开，这是为了大家好，这么说你懂吗？”

我不懂，我怎么可能懂！

“那她爱你吗？”

爸爸没有回答，爸爸只是别开脸，说：“我一直在保护你，用我自己的方式，我们，我们一直在保护你，尽最大力气保护你。”

“我自己——”

“小彦！”

不可以插嘴。我想起那些爷爷身边的叔叔们经常互相告诫的这句话。

“可是我再也保护不了你了。”

“为什么？”

“你不懂。”摊在沙发上，爸爸疲惫地按着太阳穴，我不知道原来爸爸也会累，“所以，从今天开始你要好好保护自己，你是我们家唯一的后代，而你要时时刻刻记得这件事情，这么说你懂吗？”

我不懂，我只想知道为什么？

“把脸洗一洗，我们待会儿要去见爷爷。”

最后，爸爸这么说。

而爸爸还是不告诉我为什么，在车上他只简短地交代从明天开始我必须搬去和小姑姑住直到我满十八岁那年，而这是他保护我的方式，因为我是他的独生儿子，也是爷爷的独生孙子，我们家族唯一的后代；这是事实，而爸爸不想改变，他不想再要任何的老婆，再多的儿子，他觉得很累。

爷爷让他很累。

关于这点爷爷其实是很不开心的，因为比起坐牢而言，独生子的这件事情更叫爷爷害怕，爷爷受不了三代单传的这个危险；而其实让爷爷更不开心的是，爸爸坚持要把我托付给小姑姑教养的这件事情。

“这行已经不像你们那年代的干净，我不要小彦以后过得比我更危险。”

丢下这句话，爸爸执意把我托付给小姑姑，还要我改称她为妈妈，我不明白为什么，还是没有人告诉我为什么要这样，因为他们忙着在吵架，我想。

“没有人要你去走私毒品。”

“爸！”

爸爸在爷爷的面前跪下，我不知道爸爸做了什么为什么要跪下，不过在我看来，跪着的爸爸，感觉好像正在接受处决；那一刻我真的很怕爷爷会杀死爸爸，虽然我打从心底知道这并不会发生，可不知道为什么我就是真实地这么害怕着。

那是第一次，我明白为什么所有人都怕爷爷。

“我会罩你，因为你是我儿子，可是你违背我的规矩，那你就自求多福；我不会让兄弟替你顶罪，你给我去那里好好反省然后戒掉。”

“我知道我错了，可是你不要伤害羽薇，我只求你这件事情。”

“你也知道要怕？”

“爸！”

“聪明反被聪明误。”爷爷丢下这句话，以及，“在小彦面前不要提这些，对我而言，小彦比你还有你的女人更重要。”

爷爷冷冷地说，接着他转身，最后他摸了摸我的头，要我以后过年回这里来看他，然后，他离开。

我不知道那年爸妈究竟是惹上了什么麻烦，让爷爷震怒的麻烦？而我只是在想，如果不是因为爸爸是爷爷的亲生儿子，甚至是独生子的话，那么爷爷搞不好会亲手把他杀掉吧？

我不知道。

我只知道的是,那是我离家族最远的一刻,从那一天起。

我不知道我回不回得去?我不知道为什么我不得不离开。

不知道。

之二

萧雨萱

自我介绍。

从小我最讨厌的事情就是自我介绍,因为首先,我很不喜欢站在讲台上,身为一群人视线焦点的这件事情总是会让我感到十分可怕,我想我大概有上台恐惧症,我连下课时都不愿意踏上讲台一步;还有就是,我不太习惯笑,我觉得我笑起来的样子很奇怪,僵僵的,不自然,好像做错什么事情却又不得不否认那样,就像今天班上规定要穿运动服上课,但结果我却记错了依旧穿制服来那样,不自在:而重点是,我超级讨厌我的声音,细细小小的、好像鸟在叫,一听就知道这声音的主人对她自己很没有信心,如果可以的话,我甚至愿意自己是个哑巴,因为这么一来,我就可以顺理成章地不用讲话只打手语。

打手语。

我很喜欢我的手,不,严格说来我喜欢的并不是我手的本身,而是它挥动着的姿态,很美,好美,那是我唯一觉得自己美的时刻;国一的时候我是班上校歌比赛的指挥,我不知道为什么那时候班上同学会推选不起眼的我当指挥,不过我想那完全得感谢华琳的举手提名,华琳是我们班的班长以及班花以及我最好的朋友,那是我国中最美好的一段时光,在准备校歌比赛的那段时间，以及那一天，比赛那天，站在礼堂的讲台上，背对着全校师生的我，陶醉在歌声里，指挥着全班同学合唱的我，很……嗯。

嗯。

不过很可惜的是，我并不是哑巴，而且我也没有办法一直当指挥，因为校歌比赛只有一次，尤其最讨厌的是，此时此刻的我人就站在讲台上试着努力地想要自我介绍。

讨厌的自我介绍。

“大家好，我是新来的转学生，我叫萧雨萱，我……”

我本来就已经够小的声音越来越小，终至自动地默默消音，我觉得尴尬得要命，我怀疑班上同学已经开始蠢蠢欲动得不耐烦，因为他们看起来都很流氓的样子，没办法我只好试着用微笑来表达我的友善，可是这反而更糟糕，因为我笑得很僵我笑得超僵，我没办法不去注意到我的腋下开始冒出冷汗，我明显感觉到我的双脚一直在发抖，我庆幸还好有讲台遮住我发抖的双脚，可是我的腋下还是明显的汗湿了一片，我——

“我想回台北！”

不知道为什么，我突然冒出了这句话，以及随之而来的放声大哭，在讲台上，在这全班新同学新老师的面前，在讨厌透了的自我介绍之后；连同老师在内的所有人全都愣住，接着三秒钟的时间过去之后，他们爆笑开来，哄堂大笑的那种。

我觉得死定了！我初中剩下的这一年完蛋了，我会被讨厌我会被排挤我会被欺负，我……我好想念华琳，我想回台北！

我想回台北，我是说真的，我讨厌这个乡下地方，我们家的对街邻居甚至还养鸡！

为了搬家转学的这件事情，我和爸爸冷战了一整个月不讲话，而妈妈甚至哭了一整夜，因为妈妈是个台北小姐，时髦美丽又很会跳舞的那种台北小姐，这就是当初爸爸疯了似的追求妈妈的初衷，时髦美丽又很会跳舞的台北小姐怎么可以在这种对街邻居还养鸡的乡下地方过她的下半辈子呢？

可是没有用，爸爸执意要回老家，为的是在爷爷过世之后继承爷爷的袜子工厂，因为爸爸不只是个爸爸，他还是个儿子，他已经忤逆了爷爷大半辈子，他不能眼见爷爷这辈子的心血因为他执意留在台北而关闭。

我想回台北，我讨厌自我介绍，还有，坐我后面的这个男生很讨厌。

“喂！台北是个什么样的地方？”

狼狈透了的我低着头走回位子，才心想这大概是我这辈子走过最艰难的一段路时，后面这个眉毛很浓的男生趴在桌子上问我。

"都市。"

而且没有人养鸡。我在心底补了这么一句,可是我不敢说,因为我怕他揍我,而他看起来就是一副很爱欺负人的坏学生样子。

"我也是个转学生,比你早一个学期,初二下。"

"哦。"

"也是都市,台中,你知道卫道吗?"

"不知道。"

"在台中很有名耶!升学率超高的!"

我又不是台中人,我心想,我没说。

不敢说。

"你为什么转学?"

"搬家。"

"我是为了追女生。"

最好是。

"有个女生,在这里念书,漂亮极了!呼~~"

他吹了个长长的口哨,而我则是额头又冒出了冷汗:他上课一直讲话难道都不怕被老师骂吗?

他不怕,很显然的他不怕,因为他自顾着继续说:

"在溜冰场认识的,对了,你喜欢溜冰吗?"

我摇头,然后在心底用力地祈祷老师快点骂他上课不要讲话,可是老师没有,好像习惯了他这样似的,放任。

于是他还在继续说着：

"……然后我就骗我妈说坐公交车上学太累了会影响到我念书所以我要换学校，哈！结果我妈居然还真的信！"

算了，老师不说我自己说好了。

"现、现在是上课耶。"

"不用管老师啦！这班上我最大啦，我罩你，因为我们都是转学生嘛！哈～～"

很满意似的笑了笑，他对着我的后脑袋继续聊天："然后我妈还特地调查这初中哪个老师最有名，你看得出来吗？我们蒋老师以前是带升学班的耶！他的学生里有超多人上一中和女中的啦。"

以前？

"谁知道好死不死等到我们这届时他说带升学班压力很大想休息一下，哈！结果我妈花了好大力气却把我弄进个放牛班，你说好不好笑？"

不好笑，很不好笑，我笑不出来，我怕我又哭出来，而且我觉得我又开始在发抖了。

"喂喂！不用那么紧张啦！你又不是第一个在这班上哭出来的人。"

"……"

"蒋老师才是第一个，而且是为了我哭哦！他觉得他毁了我的人生，我本来很会念书、可是转来这里之后我开始变坏，哈！痛心？他是这样说的吗？”扯开喉咙，他起身越过我的肩膀，他的声音落在我的耳畔，他对着讲台上的蒋老师放大音量问：“喂！蒋老师！你那时候说的是痛心这两个字吗？”

“萧凯轩！你不要太过分！”

像是恶作剧得逞了似的，这个叫作萧凯轩的家伙得意洋洋地哈哈大笑，而且还用圆珠笔戳我的背：“对了，我叫萧凯轩，不过大家都叫我凯哥，比较亲切啦！哈～～”

有完没完呀？这家伙……我是很想叫他不要讲话的，但结果我只敢没用地默默忍耐他没完没了的讲话。

和我讲话。

“还有哦，那个女生结果我没追到，因为她已经名花有主了，哎～～白忙一场，真倒霉！”

像是不在意我的沉默那般，这个自称为凯哥的男生津津有味似的自顾着说：

“你叫萧雨萱，我叫萧凯轩，我们都是转学生，怎么？很有缘吧？”

很倒霉。

“萧雨萱和萧凯轩，坐前面又坐后面，哈～～”

“萧凯轩！上课讲话给我小声一点！”

终于，蒋老师忍无可忍地吼了过来，不过我搞不懂的是：上课不是不能讲话吗？怎么会是讲话小声一点呢？

我发现我来到了个疯狂的班级，这里没有人在认真上课，却有很多人在下课时认真打架,我真觉得我的人生完蛋了,真的完蛋了,我好恨爸爸。

怀抱着这样的黯淡心情我骑脚踏车回家,回到家后我黯淡到不行地发现:我带错钥匙了。

我还带着台北家里的钥匙,已经不再是我家的钥匙;当下我有两个选择,一是骑脚踏车到爸爸的工厂拿对的钥匙,二是等半个钟头左右直到妹妹补完习回家——前提是如果不靠谱的妹妹也没带错钥匙的话——可是实际上我发现我唯一真正想要做的是在家门前尽情地嚎啕大哭直到爸爸同意让我回到台北为止。

"嘿!同学。"

转头,我看见声音的来源是个和我穿着同样制服的男生。

好高的男生,这是我对他的第一印象。

"忘记带钥匙啦?"

他好玩似的打量着我,好像正在看什么有趣的小动物那般的好玩眼神,而,很奇怪的是,我应该是要感觉到被冒犯的,但我实际上的感觉却完全相反。

明星。

不知道为什么当下我立刻联想起明星,这么说实在是很奇怪,因为他长得其实并不像任何一个男明星,硬是要说的话,充其量只是他们同属于有张好看的脸的那种人,但不知道为什么,我就是直觉联想起男明星。

我怀疑他有一八○身高,这是我人生中第一次这么近距离看到身高一八○的男生,在他面前我觉得自己更瘦小了,实际上我更明确感觉到的是:我脸红了。

“不是啦,我带错钥匙了。”

红着脸,我小小声地说,我真希望我的声音听起来不要像是在哽咽或者害怕,但我发现他好像不在乎这点。

我觉得松了口气,奇异地松了口气。

放松。

“带错钥匙?怎么会?这不是你家吗?”

好像真的很在意似的,他问;在此之前,我一直以为像他们那种长相那种外表的人都是高傲自恋又冷漠的完美人种,而实际上确实那种长相那种外表的人大多都是高傲自恋又冷漠的没错,而他推翻了我的刻板印象。

他对女生很亲切,这是我对他的第二印象。

“搬家,我昨天才搬来这里,忘记换钥匙了。”

然后他就笑了,开开心心地笑,在夕阳里。

“原来我们一样嘛!我也是后来才搬到这里的。”

你住隔壁吗?我想问,可是我不好意思问。

“不过比你早了几年,是我十岁那年。”他说,然后低头看了看表,接着点起一根香烟,红色万宝路,我看见,以前的初中有个我暗恋的男生也抽那种烟。“难怪你的制服看起来这么新。”

不知道是不是尼古丁的关系，我突然感觉到昏眩，是的，昏眩。

“你从哪儿搬来？”

“台北。”

台北。我说。然后他挑眉，亮着的眼睛在此时黯淡了些，不太明显的。

“我妈好像也在台北，听说。”

“咦？”

“不过我是从高雄搬来的，我家就在爱河旁边，你知道爱河吗？”

我摇头，我不知道，但我觉得这名字听起来好美。

爱河，什么样的河会取名为爱河？

“啊，我女朋友好了。”

顺着他的视线望去，一个高挑的女生从隔壁大门走出来，原来她才是我的隔壁邻居，而她是个和他好相衬的女生，高挑的女生，我从小就希望自己是的女生，我从来就不是的女生，这辈子大概也无缘是吧(看我爸妈的身材就知道)，我讨厌我的瘦小。

瘦瘦小小的，好像纸片人一样，瘦得没有存在感，讨厌。

“谢谢你陪我聊天啰。”

最后，他这么说，笑着说，绅士地说，在夕阳下。

后来我才知道那个高挑的女生就是萧凯轩转学这里的原因,那个他想追但结果转学过来才发现已经被追走的女生;而至于那个高大的男生,则是这个学校里的头号人物:曹正彦。

[第二章] 约。定

孙燕姿

《天黑黑》

我们相识的

起

点

之一

曹正彦

“小彦，这句话我只说一次，所以你要听进去，听进心里去，然后，无时无刻地提醒自己。”在离开高雄的火车上，小姑姑说，认真而严肃地说，“从今天开始，从新家开始，你是我的儿子，不是家族的独生子，你不可以像爷爷，也不可以学爸爸，打架、闹事，甚至是——”想了想，小姑姑决定把原本想说的话没收，“你要乖乖的，懂吗？”

“为什么？”

“否则我会不要你，你会找不到你妈妈，你也回不去高雄，你会变成孤儿，就这样。”

就这样。

十岁之后，四年间。

不管是发育又或者性格，我都比同龄的小孩要来得特别早熟，我想前者是遗传，而后者是多亏了小姑姑教养方式的关系，在十岁到十四岁的这几年间。

当我十岁那年随着小姑姑搬到这小小的乡下地方时，我的身高已经长到一六八，并且，我对小姑姑送我的生日礼物产生兴趣。

村上春树。《国境以南,太阳以西》。

“这是什么?”

“书,好看的书。”

“噢。”

“可能小彦现在还太小,会看不懂村上春树,不过这本书实在是太好看了呀,好看到迫不及待想现在就送给小彦喏。”

瞪着这本奇怪书名的书,我不懂为什么我的生日礼物开始从一大把的钞票还有三层楼高的蛋糕变成一本奇怪名字写的奇怪书,我心里觉得好难过,我好想念我妈,妈妈会买玩具给我,不会是这种奇怪的书。

“写了什么?”

为了不伤小姑姑的心,我只好装作很有兴趣般的问。

“独生子,和孤独。”

独生子,和孤独。小姑姑说,然后连我自己也感到不可思议的是,我竟就翻开来阅读。

阅读,并且入迷。

我感觉到那书里有个什么抓住了我,深深地抓住了我。

当班上同学还在下课后呼朋引伴冲到操场玩游戏时,我反而是独自跑到图书馆去读村上春树,从这头读到那头的彻底式读法,我搞不懂这乡下地方的小小图书室怎么会摆着整套的村上春树?我怀疑那是在这小学任教的小姑姑捐赠的,不过反正那不关我的事。

我读村上春树，从我十岁那年开始，并且正如小姑姑所说的，他书里有很多东西我都搞不懂什么意思，不过我想那反正不成问题，因为阅读让我感到安全，也让我看到其他的世界：日本。

“不用再打电话给你妈妈了，小彦。她接不到了。”

有天，看见我依旧固执着打电话给妈妈时，小姑姑忍不住这么说，那是她极少数愿意和我聊起妈妈的时候，大概是爷爷下了封口令吧，我想。

“为什么？”

“因为她去日本了，那电话没人用了。”

“你怎么知道的？”

“因为是我帮忙送她上飞机的，不要告诉爷爷哦。”

“为什么？”

“因为你爷爷已经够讨厌我了，要是再被他知道这个的话，他铁定会打断我的腿。”打断我的腿，小姑姑说，当她说这话的时候，表情是不小心说溜嘴的惊慌，接着当她意识到这点之后，便不着痕迹的改变话题：“那本书的女主角也是个腿脚不好的女生喏。”

“也？”

“国境以南，太阳以西。”

小姑姑答非所问，接着从她脸上的微笑里，我明白这个话题被结束了。

也。

妈妈。

被结束。

村上春树。

妈妈去日本。

爷爷下封口令。

有腿脚不好的女生。

大概是初中一年级的时候吧，语文课有篇作文题目是我的志愿，当时我想也没想地就写下我将来的志愿是要当作家，而且是像村上春树那样子厉害的作家，还有，去日本找我的妈妈。

结果作文批改回来之后，老师的评语不是好棒或者加油，却是在放学后把我留在教室里单独约谈。

“找妈妈？你妈妈不就在这里教历史吗？”

那是我小姑姑不是我妈妈，我心想。

“还是说曹老师以后要去日本？”

他看起来很焦虑的样子，我怀疑他暗恋小姑姑。

“不是，我有两个妈妈，一个在日本。”

这话老师想了想，然后不太理解地摇摇头。古怪的孤独少年，我猜这大概是他当时心里的OS。

“你长这么高不打篮球太可惜了，有没有兴趣加入老师带的篮球校队？”

我摇头。

那年我的身高一七五。

大概是因为身高的关系吧，一直以来我陆陆续续会被很多女生要个人资料，而每当遇到这种情形时，我总十分亲切地答应对方、写下我的个人资料，而且还会很礼貌地希望对方也留下她的个人资料以表达我的友善还有缓和对方的紧张，关于这点，我并不会像其他男生那样的鼓噪、骚动，我想这样的我很符合小姑姑的期望。

“小彦要当个小绅士哦。”

小姑姑说，而这次不用问为什么，她倒是很难得主动地就解释了：

“不可以让女生哭，要让女生笑哦，因为男生的责任就是保护女生呀。”

女生笑的时候最可爱了。小姑姑说，我同意，因为小姑姑也总是笑脸迎人的，在离开家族之后，她变得快乐很多；我同意，可是我没有告诉小姑姑的是，我有个暗恋了好久的女生，她不常笑，她叫作张靖。

张靖是我小学隔壁班的同学以及初中隔壁班的同学，张靖不常笑，而且她很高，每当远远望着张靖的时候，我总会想象着她长大以后应该会是和妈妈同样高挑又有魅力的女生吧！

魅力，是的，魅力。

严格说起来张靖并不是典型美女的那种长相，甚至要是问起："你觉得谁是学校里最漂亮的女生？"或许十个人里面会回答说张靖的也只有我一个，不，甚至连我都不认为张靖是全校最漂亮的女生；可是不知道为什么，张靖整个人就是拥有她独特的魅力，这与长相上的美丽无关，却是个人魅力那方面的事情，不是最美丽，但却最独特。

这样的张靖追她的男生自然也是一大把，可是能成功追到的，倒是从来没有听说过，反倒"张靖是个女同性恋"这般的恶意流言每个人都听说了不少。

没有人追得到张靖，直到升初二暑假的那一年。

我记得很清楚，关于那年的暑假，还有那一个夏天。

严格说起来是在放暑假的前一天所发生的事情，那天下课的时候，我照例从抽屉里拿出村上春树来阅读，读的刚好是《国境以南，太阳以西》。这本书我记得很清楚，倒也忘记是第几次重读它了，但我印象深刻的是当我读到男主角阿始在叙述和女主角两个人坐在客厅里听唱片的那一段时，班上那个因为很会打架而出名的男同学突然走向我，并且要求我去小卖部帮他跑腿买饮料。

不确定是不是因为太过投入阅读的关系，当时我不知道哪来的勇气，我回答他：

“不要。”

“你说什么？”

“我说不要。”

他暴怒地掀了我的桌子，指着我的鼻子，他大吼：

“你走在路上给我小心一点！我会找很多人揍死你！”

还有：

“不要以为你妈是老师我就不敢揍她！我连她一起揍！”

就是在那个当下，我身体里有个什么被唤起，我想起十岁那年的干架，那些血、那碎片，还有那张惊慌的脸孔。

我告诉自己不可以再变回那个自己。

我，害怕。

害怕他真的找很多人来揍我，更害怕的是，又变回那个自己，那个黑道世家的独生孙子。

我害怕我身体里流动着的黑道血液。

害怕。

他的嘴脸他的警告每天每天地浮现我眼前，我吃饭想到他，我睡觉梦见他，我连小便都害怕他会突然闯进来揍我、揍我们；整个暑假我连家门都不敢走出去一步，因为我害怕走在路上会遇见他，我甚至害怕他哪天真的找很多人来揍我，我害怕变回那个自己。

我甚至害怕小姑姑失望的脸,我害怕小姑姑会不要我,这样我会变成孤儿,我甚至没有办法再找到妈妈,因为小姑姑是唯一知道妈妈下落的人,我……

我打从心底害怕。

直到七月三十一号那天。

我记得很清楚,那天是我生日,小姑姑兴高采烈地要带我去剑湖山玩以庆祝,我起先拒绝,拒绝出门,因为我怕出门被他堵到,我甚至害怕他刚好也在剑湖山,我怕得不得了。

直到小姑姑不解的表情出现在我眼前为止。

在小姑姑的眼神里,有个什么,我突然懂了。

突兀地懂了。

——因为男生的责任就是保护女生呀。

我要变强壮,我要更勇敢,我要保护女生的,不是吗?

于是那天我们还是出门去了剑湖山玩,玩得很疯,而且没遇到那家伙、然后还被揍一顿要揍断我们的腿;然后连我也觉得奇怪的是,那天晚上睡觉时,我的反应不是松了口气,却是很羞愧。

我对自己的懦弱感到羞愧。

隔天醒来我立刻把村上春树锁进书柜里,接着拿起篮球,我出门,出门打球,没命似的打、疯了似的练,因为,我要变强壮;那天我盖了同学们好几次火锅,他们被我盖得很不爽,可是因此我发现:**原来变强是世界上最安全的事**。

回家之后我刻意把食量增大,我甚至买了哑铃躲在房间里偷偷练身体,接着整个夏天过去,我的身高抽到一七七,我的肌肉线条变得结实且有力,还有,我开始找人打架;从最瘦小的男生开始打,没有理由,不用原因,就是一句:你看什么看!

我打架,为的是证明我的力量,还有:我才是老大。

我不想再害怕。

初二上半学期结束那天,我把当初那个叫我去买饮料的家伙约了出来单挑,这事轰动了全校,不是因为我居然胆敢单挑他,却是因为我打赢他,而他手里抄着摩托车大锁,但我甚至只是赤手空拳。

"以后不要随便叫别人买饮料。"

丢下这句话,我耍帅地离开。

隔了一个寒假再回到学校时,我已经是学校里的风云人物,或者应该说是:最强悍的老大。

我是王。

还有,我成功地追到了张靖,全校最难追的女生,张靖;我真觉得自己无所不能,真的无所不能,我找到了自己对的样子、该是的样子。

我本来就是的样子,黑道世家的独生孙子。

而小姑姑，很失望；很失望，却绝口不说，我想那大概只是因为小姑姑明白：我终究掩饰不了身体里的血液。

“宿命。”

小姑姑结果并没有如十岁那年在离家那趟火车上所警告的不要我，她只是叹了口气，然后说了宿命这两个字，就这样。

宿命。

我想那大概是因为我也是她和家族唯一的联系吧！虽然我们两个人谁也没再和家族联系过了。

虽然。

而那是个下雨天，我记得很清楚。

那时候我已经开始骑摩托车上课，有一次被教导主任逮到，我心想这真是太好玩了于是把油门踩到底让他追，就这么跟教导主任飙着车，我们飙进学校里引起轩然大波，我们飙上隔天报纸社会版的小角落。

就是在上了社会版小角落的当天，我一方面心想给教导主任留点面子好了，但另一方面还是不自觉地骑着摩托车去上课，而那天的雨很大，没命似的大，在大雨中，我听到一声“真倒霉”，停下车，我好奇地看着这声音的来源，我看见一个痞模痞样的男生站在电线杆旁边，而表情是心碎，我认出他是十六班的萧凯轩，因为他这个人实在是太痞了，所以真的很难忍住不去揍他，而果真有次他经过我们班时我立刻就随手抄了椅子扔出去砸向他，就这么打起架来。

在那场架里他被我打断三根肋骨。

“你干什么？”

“妈的！老子今天没心情跟你打架。”

“怎么了？”

“我的烟被淋湿了。”

接着我知道，这家伙虽然在学校里同是个不良学生，但在家里还是很本分地当个乖儿子，妈妈会搜他书包检查的那种乖儿子，妈妈知道他抽烟会哭得很心碎的那种乖儿子，于是每天放学后他会把烟藏在途中经过的第七根电线杆里，然后回家当他的乖儿子，隔天上学时，再把烟拿到学校抽个够，而如果那天下雨的话，他的烟就会被雨淋湿，这样他整天心情就会差得只想趴在桌子上睡觉。

“为什么是第七根电线杆？”

“Lucky 7 啊。”

“无聊。”

“你有吗？”

“烟？”

“废话！不然便当哦？”

“这里？雨很大耶。”

“也对。”很哀伤地，他想了想，接着七秒钟的时间过去之

后,他脸上露出那让人看几次就想揍几次的痞子笑容:

"你打台球吗?"

"打啊。"

"这样吧,我请你打台球,你请我抽烟,怎么样?"

"不赖。"

于是我让他上了我的摩托车后座,掉了头,我们没去上课却是去打台球,那是我们友情的起点,而那天,萧凯轩赢了那场台球。

他打架输给我,可是台球他赢我。

每次。

"喂!张靖是你女朋友?"

当我们急速地变成好哥儿们之后,有天下课在操场旁蹲着抽烟时,萧凯轩突然丢来这个问题:

"对啊。"

"怎么追到的?"

"干吗?"

"参考。"

"你想追谁?"

"追到了再告诉你。"

"为什么?"

"不然很丢脸啊。"

“哦。”

想了想，我决定诚实而不花哨地告诉萧凯轩：

“到他们班去，自我介绍，还有，我希望你能当我女朋友。”

“一个人吗？还是找兄弟去壮胆？”

“一个人，因为我怕吓到她。”

虽然实际上光是我自己一个人去就已经吓到张靖了，她的精神状态紧绷且脆弱，这是后来我才发现的事情，或者应该说是，当时的所有人，都没发现的事情。

“就这样？”

萧凯轩看起来很惊讶的样子。

“还有啦，那天之后我连续送了七天的早餐。”

“对哦……送早餐。”

最后，萧凯轩这么喃喃自语着。

之二

萧雨萱

我不太明白为什么萧凯轩开始每天都要放一份早餐在我桌子上，虽然这实在是令人很困扰，因为每天在上学之前我和妹妹都会在妈妈的监视之下吃完早餐才出门，不过有碍于萧凯轩看起来不太好惹的样子(而且实际上也是)，所以我总还是很本分地勉强吃掉这一份多出来的早餐。

每天每天。

我想可能萧凯轩是看不惯我太瘦了吧？虽然这真的不是我的错，而且每天要吃两份早餐实在是很饱，不过我还是蛮感谢他的好意的，只不过他依旧习惯上课时从后面用笔戳我的背然后猛聊天的这件事情真的很讨人厌。

讨人厌。

太瘦。

我。

在我们初三即将毕业的这个夏天，孙燕姿发行了她的个人首张同名专辑，顺便把《天黑黑》和《爱情证书》唱红全台湾的大街小巷，就连我们这种对街邻居还养鸡的小小乡下地方也不例外。

而，最重要的是，那年的那个夏天，红的不只是孙燕姿和她的音乐,还有我。

小孙燕姿。

华琳是第一个发现这件事情然后打电话来开心尖叫的人,从:"啊~~你长得好像孙燕姿哦!"开始,透过电话,我们这对好久不见的好朋友聊着长长长长的天,聊到爸爸的脸都绿了为止,没办法,我只好心不甘情不愿地告诉华琳我要挂电话了。

"好啦好啦,我妈也在瞪我了。"华琳说,然后又尖叫一声,"啊！差点忘了最重要的事！你会报考台北的高中吗?"

听到华琳这么问时,我真的好想哭;我没忘记我们约定好要一起上同一所高中,可是我没想到华琳居然还记得,而且还放在心上惦记着。

"可是……"

"你爸还是不肯让你回台北哦?"

"不是啦。"

"又没关系,反正你可以住我家呀!"

"不是啦！只是我的成绩变得很差,我想没意外的话应该只能上高职了。"

"没关系呀,那我就陪你念高职就好啦。"

华琳说,然后我就哭了。

华琳……我真的真的好想你。

真的真的。

好想念。

想念。

小孙燕姿。

大概是因为身材同属于瘦小到几乎纸片的那种程度，而且我们的发型大致相同、脸蛋大概相似，本来连美女也够不上边的我，托了孙燕姿暴红的福，在学校里开始被称为小孙燕姿的我，居然也受到了学校男生的注意而在下课后频频被要个人资料；一开始我是很不适应的，关于我居然会被很多男生喜欢的这件事情，慢慢的我开始感到害羞且雀跃，可是后来我真的很想杀了萧凯轩这家伙。

“敢追我们班小雨，小心我找曹正彦一起去揍你们！”

每个来向我要个人资料的男生都一律地会被萧凯轩这么恐吓，我不明白他为什么要这样阻挡我的情路，不过我其实比较注意的是：他居然认识曹正彦！

那个连我小学五年级的妹妹都暗恋得要命的头号人物，曹正彦；那个自从去年我刚搬来时因为带错钥匙而在家门前见过一次面、聊过一次天之后，就没再碰过面的，头号人物，曹正彦。

不，其实这么说并不正确。

我常常望着窗外看着他领着同学们翻墙逃课被教导主任追的身影，我总是听说哪个班的谁谁谁又被他拖进厕所里揍到吐血,我甚至读过他和教导主任飙车飙进校园里而上报的新闻(我妹还把剪报拿去裱起来,她后来甚至要走我的毕业纪念册,只因为里头有曹正彦),我总认为他是那种遥不可及的头号人物,遥远到没可能和我的平淡无奇的小小生活圈有所交集。

直到这天——

"喂!小雨!明天要不要去野溪烤肉?"

高职联考完没几天,才一大早我就接到萧凯轩打到家里来的电话,才在心底咕哝着毕业纪念册为什么要放每个人的家里电话时,我听见依旧自顾着在电话那头讲着话的萧凯轩嘴里吐出了一个关键词:曹正彦。

他也会去?

接着,我听见自己这么说:"好啊。"

"那好,明天我去接你,不要穿裙子,我超讨厌女生侧坐的,看一个就想揍一个。"

"你要骑摩托车吗?"

"不然坐牛车吗?"

怎么还是这么讨人厌呢?

"可是如果被我妹看见的话,她会跟我妈打小报告耶。"

"那我把她揍成哑巴?"

我差点没吓死,接着萧凯轩乐翻了似的爆笑开来:

“哈～～我开玩笑的啦！你怎么那么好骗啊？笨死了！”

“……”

“那我看你明天骑脚踏车到我家来好了，下午三点整，再见。”

然后萧凯轩就挂了电话，他怎么老是这么没礼貌啊？

下午三点。

当我骑脚踏车出门时，还特地抬头望了隔壁一眼，我其实只是心想或许能像去年刚搬到这里来的那天，会遇见在门口等候张靖出门的曹正彦，但是结果并没有，结果我望见的依旧是门窗深锁的隔壁邻居，搬来这里一年多，我们都没看见过他们家人几次的隔壁邻居。

我没看见张靖，但却在萧凯轩家门口看见曹正彦的摩托车后座坐了个陌生女生，和张靖完全不同类型的开朗女生。

他和张靖分手了吗？这是闪过我脑海的第一个念头，但还来不及思考，萧凯轩就立刻吼着打断了我的思绪：

“你很慢呐！那么多人等你一个！找打吗？”

“对不起啦。”

我说，然后吐了吐舌头。

对不起啦。我说，然后我看见曹正彦望向我的双眼亮了起来，我不明白这四个字里头有什么不对或者对，不过我只觉得好晕眩。

我试着告诉自己可能只是因为太阳太大了吧。

"原来我们陪你等的就是小孙燕姿喔。"

曹正彦说,对着萧凯轩说,但他的眼神却依旧望着我,而至于那眼底的光,还亮着。

晕眩。

"快上车啦! 慢吞吞!"

"喔。"

上车,萧凯轩的摩托车后座,三台摩托车七个人,出发,出发往野溪边的烤肉。

野溪,烤肉,还有,曹正彦。

本来我以为像曹正彦那种遥不可及的头号人物,本人会是高傲会是暴力会是目中无人,但结果却是完全相反,他还是我记忆中的样子,友善且绅士,甚至他反而像个亲切的大哥哥那般忙碌着穿梭其中,一度他甚至主动坐到了落单的我的身边来;当发现他居然主动坐到我身边时,我只觉得紧张到心跳快要停止,我担心我的脸会因为过度害羞而整个涨红,我——

"我们是不是在哪里见过?"

他记得我?

命令自己强压住内心的激动,我要自己尽可能平静地说起一年前的初次见面,在张靖家前——

"原来如此。"

原来如此。他的表情是笑着的,但眼神却黯淡了下来,我猜想那大概是因为话题里张靖这名字的关系；我不知道是哪来的勇气，竟就脱口问了：

“你们是不是分手了啊？”

“什么？”

完蛋了！早知道不该问的！虽然一方面知道他应该是不会揍我的，但不知道为什么，我还是打从心底害怕他会揍我，我——

“我以为那个是你的新女朋友嘛！哈，哈。”

像是念着哈这个字似的，我干笑，干到不行的笑；我觉得自己都快糗死了，但反而他却乐得哈哈大笑了起来，在笑里，我看见他眼底的光又重新回来了。

“那是萧凯轩的姐姐啦。”

“哦。”

“他们长得很像，你看不出来吗？”

现在看出来了。

“原来你和萧凯轩并不怎么熟嘛。”

“嗯呀。”

“那你今天干吗来？”

我以为他接下来会这么问，但是结果他没有，或者应该说是：还没有。他要是真这么问的话，我想我一定又会哭出来吧！一定！因为实在很怕他会这么问的关系，于是我快快地转移话题：

“我以为张靖也会来耶。”

“她怕晒黑。”感觉像是这个问题已经被那群男生问过很多次那般，他几乎是想也没想地就回答，“而且她不喜欢烤肉，她怕胖。”

“哦。”

“她想考舞蹈系。”

“好好哦。”

凝望进我眼底，曹正彦像是在恳求似的，问：

“嘿！有机会的话介绍张靖和你认识好吗？”

“好呀。”

“虽然住隔壁，但你们没见过几次面对吧？”

对，只有在夜里才会听见他们家传来的喧哗声以及吵架声。

“如果你们可以当朋友的话一定很棒。”

“对呀，因为她很漂亮。”

然后他又笑了，我发现他其实很喜欢笑，我觉得他并没有大家传说中的那么暴戾。

“嘿！相信吗？我是在月台上出生的。”

而这样的他，让我感觉轻松了很多，于是轻松了很多的我，终于能够自然地像个朋友般地同他讲话：

“骗人。”

“真的,不信你去问我妈,她超马虎的！那时候都已经怀孕八个月了还坐火车回娘家,超滚的!”

“超滚的？什么意思呀?”

很困扰似的想了想,接着他这么解释:

“大概是很冲动那方面的意思吧！是行话。”

行话？我其实还是听不懂“超滚的”以及“行话”是什么意思,不过我想我最好是不要再追问下去比较好;而果真我的决定是正确的,因为他兴致很好似的,自顾着又说回方才的话题:

“追分火车站,不信你去问,十五年前的夏天,有个小帅哥意外诞生在那里。”

“真的假的啊?”

“当然是真的啊！那天是满月,月亮大又圆,我都记得。”

“最好是啦。”

“呵。”

他笑了笑,接着又燃起一根香烟,我发现他的烟瘾很大,而且当他抽烟时,说起话来的感觉又像是瞬间变回了平时大家眼中的那个他:

“倒是一直不晓得你贵姓大名呀?”

“萧雨萱。”

“雨萱？哪个雨？羽毛的羽?”

“下雨的雨。”

“为什么你爸妈要给你取一个这么悲伤的名字?”

“悲伤?”

“雨呀,湿答答的,心多悲伤。”

……

“奇怪,我没头没脑地跟你说这一大堆干吗?我平常不是这样的。”

“没关系啊。”

“萧凯轩一定也常常这样对你没头没脑地说一堆吧?”

“对呀。”

而且他都是上课时从后面用笔戳我的背然后猛聊天,真的很讨人厌。

“大概是你很清澈的关系吧。”

“清澈?”

“嗯,清澈。把真实的自己毫无隐瞒地完全呈现,清澈。”用修长的食指把烟蒂弹得老远,接着曹正彦才又说道:“你有种令人想要对你毫无保留倾诉一切的特质。”

这句话什么意思?我不清楚。

“有人这么对你说过吗?”

“没有耶。”

“呵。”

用下巴指着溪里的他们,继续又燃起一根香烟,他没话找话似的问:“你不跟他们下去玩水吗?”

摇摇头，我回答："呃……因为我很怕水。"

"真巧，我也是。"

"怎么可能？"

大概是惊讶过度的关系吧！因为我居然就脱口而出：

"原来你也会有怕的东西哦？"

他先是一愣，然后笑开来，笑开来。

"可多了，我只是假装自己什么都不怕而已。"

"呃……为什么？"

"因为假装久了就变成真的啦。"

"原来如此。"

"那家伙也是。"

"萧凯轩？"

"嗯，我们是同类。"

同类。他说。

"别看他痞模痞样的，其实他只是故意装成那样子来骗大家而已。"

"为什么要这样？"

"因为自我保护啊，不想被知道真实的自己。"

这是在野溪烤肉的那天，他对我说的最后一句话。

我没想到那会是我们缘分的起点。

我们，曹正彦、萧凯轩，还有我，以及萧凯轩的姐姐：萧凯柔。

当他们玩水玩够了终于上岸休息时，我们一群人围绕着已经熄灭了的火堆喝着浸过溪水的冰啤酒聊着天，于是我才知道原来凯柔姐姐在高雄念餐饮学校，最大的愿望是毕业后能考到领队执照带欧洲的旅行团游遍欧洲并且远走高飞。还有，他们姐弟俩长得真的好像，白白净净，以及单单的细凤眼。

"高雄餐饮专校？在哪儿？"

紧捉住这个几乎就要被略过的话题，曹正彦追问。

"小港，你知道吗？"

"嗯呀，我是高雄人，十岁那年才搬来这里的。"

我家就住在高雄爱河的旁边。我在心底替他补上这一句。

"我看你们这么爱玩，干脆以后也来考我们学校好了！"

"好呀，那高职是要选旅游系吗？"

"对呀。"

"你那么想回高雄哦？"

打断凯柔姐姐和曹正彦的对话，萧凯轩闷闷地问。

"嗯。"

"你爸回来了吗？"

他摇头，并且很不自然地转移了话题："你呢？要选哪一系？好像快分发登记了不是？"

"随便啦！反正都没区别，毕业后还是都要去当兵，然后继承我家的工厂呀。"

"顺便接棒爸爸的里长是最好的啦！然后生一缸子小孩乐透他们老人家啦！哈～～"

"你少幸灾乐祸啦！重男轻女的是他们又不是我!"很哀怨地瞪了一眼凯柔姐姐，接着萧凯轩把话题带到我身上来："萧雨萱你呢？"

"我想回台北，因为我和我最好的朋友华琳约定好了。"

我以为我这么说了，但是结果我并没有，我没有说，也没有回台北，我最后选择的是和他们同一所高职的服装系，我不知道自己为什么要这样，我只知道当我告诉华琳这个消息时，她听起来好像很失望的样子，不过华琳还是强颜欢笑地要我有空多回台北看看她。

后来回想时我才惊讶地发现，就是在我们到野溪去烤肉的同一天，孙燕姿惊传在签唱会时被歹徒鸣枪险些被绑架的新闻；而，我更惊觉的是，原来早在那一天，我的心，也被绑架了。

只是，当孙燕姿唱红《天黑黑》的那个夏天，我的爱情，却迟迟放不了晴。

迟迟。

[第三章] 改。变

“可能是因为你的笑容吧，很有感染力，我真的很喜欢看着你的笑。”

从这句话开始，我改变了对自己的态度。

可能你忘了，但我会永远记得它。

永远。

之一

曹正彦

从野溪的烤肉回来之后，我发现自己急速地喜欢上了这个小孙燕姿，倒不是想要和她有恋爱关系的那种喜欢，而纯粹是喜欢她这个人的那种。

纯粹。

她有种令人想要对她毫无保留的特质，我想那大概是因为她的单纯，或者应该说是，她浑然天成的家庭教养。

家庭。

我想我大概永远也忘不了那顿晚餐，还有那份感动，平凡的感动。

那天在野溪结束烤肉之后，可能是因为太累，也可能是因为回家路线的关系，萧凯轩决定直接载凯柔回家，于是原先让他载着的小雨则换到了我的摩托车后座；在跨上我的摩托车后座的时候，小雨看起来十分紧张的样子，我直觉联想这大概是早先我和教导主任的飙车事件让她记忆犹新，于是我转头想要安抚她，但不知怎么的，当我们四目相对的那一瞬间，我发现我改变了主意：

“小孙燕姿，我告诉你，我等一下会骑比较快赶在最前面，可是你不用怕，我骑车技术很好，我没出过车祸。”

她的表情告诉我她已经吓坏了，从她吓坏了的表情里，我更加觉得好玩得想玩这个游戏。

“然后前面山路有个急转弯的地方，在那里我会把车停下来倒在地上，还有我们两个也是。”

“啊？”

“假车祸游戏呀！要不要玩？”

“啊？”

就当她同意好了。

“要记住，我们要像真的死掉了那样，连动也不能动，知道吗？”

“一定要这样吗？”

“对！”

“唔……”

前面的山路，急转弯处，假车祸，跟在后面赶上我们，发现我们，果真上当了也吓坏了的他们，以及在得逞之后若无其事起身然后哈哈大笑的乐坏了的我们，这假车祸游戏。

结果连我也惊讶的是，起先犹豫不决着一定要这样吗的小雨，反而当时笑得比我还高兴，我怀疑这是她生平第一次整人。

“嘿！你笑起来和孙燕姿更像，很好看，很舒服，很有感染力。”

“唔。”

这是在送她回家的路上，我们唯一的对话。

回家。

把摩托车停妥在小雨家门前，我下意识地抬头望了望张靖家，依旧是门窗深锁。

她究竟都在做些什么呢？为什么每天都睡得这么晚呢？她们家的人每天每天的都在忙什么呢？她——

“唔……”

转头，回过神，我看见一脸为难的小雨，还有一个站在她身后、身形和她同样娇小的妇人，我想那大概是她的母亲吧？当下我以为这妇人开口是要训斥我，就像所有把我先入为主当成坏学生的大人那样（很遗憾的，这所谓的大人里还包括了我的小姑姑，是的，我的小姑姑），可是结果她没有，她反而是腼腆地问我要不要留下来一起吃晚餐？

“啊？”

啊？我从来没想到居然我自己也会发出这个声音，我想我大概是被小雨传染了吧，我想。

“因为今天是小雨的生日，所以我菜煮得比较多，如果不嫌弃的话……”

“不，这是我的荣幸。”我说，然后我听见自己又说：“因为今天也是我的生日。”

我不明白自己为什么居然补上这句话，因为自从离开家乡之后，我就再也没告诉过任何人这件事情了。

生日。

那是一顿很寻常的家庭晚餐，家常菜，煮得很丰盛，我已经好几年没吃过这样的晚餐了，好几年……

不用细看就可以立刻察觉到这是个不富裕却知足的人家，他们一家总共四口人，还有一只绕在餐桌旁看起来很饿的头很大的长了一张流氓脸的斗牛犬，以及我，这个小雨的同学，可是很奇怪的是，这明明是我第一次在这里晚餐、认识这家人，但我却能够自在地融入他们，我不感觉到自己是个客人，我反而有种自己早已经是这家的一分子那样的错觉，既不特别被客套，也不特别被冷落，自在。

很奇怪，不管每个人在外面是什么样子、什么姿态，然而当每个人和家人相处在一起的时候，就会显得放松，放松地泄露出原本的样子。

在晚餐的最后，小雨的妈妈送给她一条细细的心形金项链，起初小雨还嘟囔着不肯戴上，她觉得金项链很土很俗，她宁愿拿去换成银项链还比较流行些，可是小雨的妈妈坚持要她戴上，她觉得女生戴心形的项链很好看，她觉得金子才有价值，她希望她的女儿是有价值的金而非流行的银。

"很好看，女生戴心形的项链很好看。"

我跟着搭腔，而小雨于是才肯戴上。

后来我才知道原来我不是第一个在小雨家晚餐的同学，因为她的父母完全是属于好客且乐于和女儿以及女儿的同学当朋友的那种大方父母，不设防的、大方，在家族里我从来没有感受过的，不设防。

家族。

那天回家之后，我看见家门前停放着一辆陌生的黑色房车，起先我还惊讶小姑姑居然会有访客，后来我才知道那原来是爷爷送给我的生日礼物，我闷闷地接过小姑姑递给我的车钥匙，然后把她要我打个电话给爷爷道谢的叮咛关在房门外，他打断了我妈妈的腿，我不明白为什么我还要跟他说谢谢。

我不明白为什么偏偏在最熟悉的亲人面前我却不得不伪装。

伪装。

我知道十八岁之后我就完全属于我自己了，我还知道的是，十八岁之后，爸爸就会回来了，虽然我还是尽可能地不去思考这个问题：那么，妈妈呢？

我只知道那天是七月三十一号，我和小雨的十五岁生日，或者应该说是，我们三个人友情的起点。

三个人。

几天之后我们一起去了高职的登记分发，而果真萧凯轩很够意思地陪我选了同一所高职、同样的旅游系，而且后来还很够缘分地待在同一个班级、坐在教室里最后排的隔壁座位，我们抽同样的烟、逃同样的课，而至于揍人的这件事情还是有过几次，只是比起初中时，程度上已经减少许多了；我弄不太懂这和小雨开始频繁存在于我们生活中有没有绝对的关系，不过我打从心底明白的是，小雨其实是萧凯轩选择这学校的最大诱因。

“服装系？为什么？”

在新生报到注册完之后，回家的路上，萧凯轩这么大惊小怪地对着小雨大呼小叫着，那时候我实在很想暗示他不要对喜欢的女生这样，但无奈萧凯轩完全接收不到我的暗示，我发现这家伙虽然痞得要死又不肯正经，但是面对爱情，他真的是个白痴。

“因为只有这个学校有服装系呀，我爸又不肯让我坐车去台中念，当然我的成绩也考不上这是重点啦！”

“我是说你干吗要念服装系啦！”

萧凯轩吼了过去，我知道他这么吼只是闹着玩，可是我真的很担心小雨不知道他这么吼只是在闹着玩。

小雨不知道，因为她看起来又是一副快要哭出来的表情。

“因为我就是想念服装系呀！关你什么事嘛！干吗那么凶啦？”

"你以后想当服装设计师?"

我问,音量比萧凯轩温和了起码一半,我希望萧凯轩能够明白我的这个暗示。

"也不是想当那么厉害的人啦!我只是单纯地想学着怎么自己做衣服而已。"

"哦?"

"因为我太瘦又太矮,衣服都很难买,所以如果自己就会做的话,应该就会方便很多吧。"小雨笑着说,眼睛都亮了起来的那种笑,"我妈妈还先买了一台缝纫机送我哦!粉红色的!"

"就这样?"

结果萧凯轩还是没能明白我刚才的那个暗示而依旧对着小雨大呼小叫着,我怀疑他是那种念幼儿园时会掀喜欢的女生裙子的男生,我更怀疑的是,关于这点他似乎还停留在幼儿园阶段、只是程度上的不同,我忍不住在心底默默为他叹了口气。

爱情白痴。

"张靖呢?"

回过神来,我才发现话题不知道什么时候已经被萧凯轩丢回到我这里来,大概是他终于也发现小雨又快被他弄哭了吧。我忍不住促狭地这么想着。

"她选了台中的舞蹈系。"

"哪家?"

我说了一家距离我们这里很远的学校。

"干！超远的!"萧凯轩啧了一声,"通车吗?"

我摇头,"住宿。"然后苦笑,"昨天带她去找好房子了,找到一个还不错的单身套房,这周末会带她搬家。"

"那你们怎么办?"

"不怎么办呀。"

我把烟头弹得老远,远得弹出一道抛物线。

我知道他很不开心张靖的看似冷漠及被动,但我心想那反正不关他的事,只要我知道张靖还爱我、还是依赖我的,这样就好。

我们的爱情不需要别人懂。

"就每个周末我去找她呀。"

"她不回来？这样你不会很累吗?"

"没办法,她没有我不敢出门。"

"好好哦。"

突然的,安静了很久的小雨蹦出这句话,恰到好处地融化了我和萧凯轩之间就快僵掉的气氛;而我们先是一愣,然后不约而同地爆笑开来,虽然笑点在哪里我们也弄不明白,不过我想这反正就是所谓的青春吧。

青春。

上了高职之后我们最大的转变是放学后不再总上台球室打台球或者打人，却是开着我的车在校门口等小雨放学，然后恶作剧地把她绑架走，这是我和萧凯轩最热爱的绑架游戏：蒙着面、冲下车，二话不说地当众架走小雨。

玩不腻，很奇怪就是玩不腻。

最开始的那一次我印象很深刻，小雨被这突如其来的假绑架给真吓坏地号啕大哭了起来，在车上，等她回过神来发现原来是我们两个人的恶作剧时，她倏地止住哭泣，接着放空了三秒钟之后，她的反应不是恼羞成怒，却是害羞地笑了起来，好像这整件事情都是她的大惊小怪，而非我们玩得太过火。

傻傻的，这小雨。

我发现小雨其实有种很容易惊讶的特质，像是个小鸟似的容易受到惊吓，我想这大概和她太容易相信别人脱不了关系，太不设防的小雨，从来没见她讨厌过谁的小雨，只除了一个人例外。

蟑螂。

我上了高职之后认识的新朋友，蟑螂。

小雨打死不肯和蟑螂说话见面甚至是待在同一个空间里，对此小雨给了一个很搞笑的理由：

“他家养鸡，在我家对街，很讨厌。”

这个理由很搞笑，可是小雨却说得很认真，而当时萧凯轩又是一阵不正经的大肆嘲笑，最后搞得小雨翻脸走人，那是我们第一次知道原来小雨也是会生气的。

蟑螂。

蟑螂是我们班上的同学,而且他其实有个很武侠的好名字,只不过因为他肤色黑到发亮,长相看来阴沉,而且始终坚持把额前两道刘海留得很长活像两条蟑螂须,于是班上同学都跟着萧凯轩直呼他为蟑螂,对于这点蟑螂本人倒不怎么在意,依旧自得其乐地坚持他的两道长刘海。

根据蟑螂的说法,其实我们从小学一路同班到现在,关于这点我是惊讶得不得了的,因为任凭我想破了头,怎么就是想不出曾经见过这个人,更别提是同班了好几年的这件事。

“因为我以前很胖,胖到快一百公斤,从小就一直被欺负。”蟑螂解释,脸上则是一点表情也没有,真的很像一只蟑螂,我心想,“初中毕业后为了追一个女生就很努力减肥,所以你会认不出我也是正常的。”

我觉得很尴尬,关于我们同班这么久但我却记不起他的这件事,于是我只好转移话题问:

“有成功追到吗?”

“嗯。”

他重重地点头,表情看来应该是在笑,但是从他脸上真的很难看出有表情的变化,我怀疑他是不是减肥过度导致颜面神经失调,我担心张靖也老是嚷嚷着要减肥,我——

“而且我女朋友和你女朋友也是同班同学,舞蹈系。”

“张靖?”

“嗯,她还是你女朋友吧?”

“嗯呀。”

我恍然大悟这就是为什么蟑螂突然闷不吭声没头没脑跑来找我讲这一大堆话的原因,可是他接着往下说去的话却又推翻了我原先的恍然大悟,他接着说:

“你救过我。”

“什么?”

“你救过我。”蟑螂又重复了一遍,而语调依旧平板得没有起伏,“有一次我被叫去买东西,班上有些人在吸毒你晓得吧?”

我晓得,但我还是想不起来我怎么救过他?

“他们之前就叫我去买过,结果害我被警察抓,所以那次我真的很不想再去了,然后他们就很生气地要揍我。”

我模模糊糊地想起来了。

“然后你救了我,你抄起椅子丢向他们,还超帅地说:‘不要随便叫别人买东西!’最后你们在教室后面干了一架,你一个人打赢他们四个人,很神!”

我其实是很想告诉他,我只是单纯地不喜欢看见有人被命令去买东西的这件事情而已,可是他接下来说的话却打住了我本来想要的解释。

“虽然我还是比较喜欢那个看村上春树的你,你还看村上春树吗?”

我怔怔地摇头,我几乎都忘了自己曾经疯狂着迷过村上春树的这件事情。

“我那时候心想,如果可以和你一起聊村上春树的话,一定很棒!”害羞地笑了笑,蟑螂才又说:“不过还是很谢谢后来的那个你,救了我。”

“我——”

“那是我这辈子第一次有人对我好。”

这是我这辈子第一次不知所措。

“我可以跟你做朋友吗?”

“可、可以呀。”

“不,不用是朋友,就算只是你的小弟帮你跑腿买东西也可以。”

然后我就笑了:

“我不需要小弟,也不喜欢别人帮我买东西,我们都同班这么多年了,也该是开始当朋友的时候了,还有,我还是喜欢村上春树,只是很久没看了,这样而已。”

然后他笑,露齿而笑,也是因此我才看得出来他是在笑。

“我只想跟对我好的人做朋友,因为这样,我对他的好才值得。”

最后,蟑螂这么说。

之二

萧雨萱

“你笑起来和孙燕姿更像，很好看，很舒服，很有感染力。”

大概是从这句话开始的吧？嗯，没错。

从曹正彦的这句话开始，我感觉我的灵魂渐渐苏醒，是的，苏醒，下定决心想要好好喜欢自己的那种，苏醒。

你笑起来和孙燕姿更像。

这句话其实我已经听过好几次了，自从孙燕姿出道之后，可每当被这么说时，我都会偏执地认为那是对方怀抱着善意的安慰所说出的一句话，因为我知道自己笑起来的样子，就算怎么遮掩总还是会露出一点点的上牙龈，我觉得好丑，这让我自卑好久。

可是曹正彦却说：

“你笑起来和孙燕姿更像，很好看，很舒服，很有感染力。”

我不明白为什么他的话对我而言就是特别有说服力，不只是我的笑，还有心形的金项链也是，那是我十五岁的生日礼物，妈妈送给我的，本来我觉得戴金项链好土，一定会被同学笑，可是曹正彦却说：

“很好看，女生戴心形的项链很好看。”

往后回想起来连我自己也惊讶的是，原来早在不知不觉中，我已经把他当成神一样地崇拜着，在我心里、在我的思考里，神，是的，神，仿佛鹰一般高高在上的，神。

远远看来遥不可及，实则相处却平易近人。

而实际上曹正彦真的很神。

那天是星期五，我记得很清楚，因为星期五通常一放学就不会再看见曹正彦的身影，因为他没意外的话都会早早赶去台中找张靖，因为任谁都看得出来，他真的很爱很爱张靖。

本来萧凯轩还自信满满地和那个蟑螂打赌距离会阻断他们的交往，不过听说那场赌萧凯轩输惨了，而代价是要去那个蟑螂家帮忙打扫鸡舍，那是认识萧凯轩以来，我第一次打从心底同情他。

我其实不太明白为什么每每聊起张靖时，萧凯轩总是一副不屑的表情，我以为那只是单纯的因为当初萧凯轩没追到张靖的由爱生恨，不过关于这点，他本人倒是很难得认真地生气：

“我喜欢过张靖，没问题，我不否认！可是你知道吗？同时我也很明白，就算我真的追到她，有天我也还是会甩了她，我会爱她，但我不会爱她太久，而且我知道十个追张靖的男生，有九个都是像我这样！”

“为什么？”

“因为她没有心，没有心的人很好被爱，但没有心的人通常不会认真爱人,因为没有心的人只想被爱。”大概是意识到自己未免也过分动了气那般,萧凯轩挤眉弄眼地扮了扮鬼脸,重新恢复成平时不正经的痞样:“不过还好她选择了剩下的那一个,这是她唯一聪明的地方。”

这是她唯一聪明的地方,萧凯轩说,她选择了曹正彦。

曹正彦。

然而那个星期五曹正彦并没有一如往常地去台中找他心爱的张靖,却是反常地和萧凯轩跑来找我,而时间是午夜前的十分钟。

午夜前的十分钟,我差不多都躺平快睡着了,结果却被阳台窗外奇怪的声响给吓醒,一开始我以为是小偷,后来听到阳台外有人悄声喊着小雨时,我才知道原来是他们两个人。

“喂!给你买宵夜来啦!”

“超好吃的刈包,开了我们半小时车专门买来的。”

“啊?”

“庆祝你发行新专辑啦!我要的幸福!哈~~”

“下来吃啦!快冷掉了啦!”

我只觉得一阵混乱,因为首先:为什么是刈包?并且——

“不行啦!我们家铁卷门已经拉下来了,开门的话会吵到我爸妈啦。”

“那我丢上去给你好了。”曹正彦说。

“怎么可能呀?这里是二楼耶。”

“看我的！一八六可不是白长的！”

“不可能的啦。”

不可能的啦，我说，然后我惊呼，以及傻眼，因为曹正彦当真就把刈包当成篮球般的往上抛，往上抛，抛出一道神奇的抛物线，在空中。

“看吧？我就说可以，我曹正彦，没有不可能！哈～～”

抬头仰望着被精准地抛到我手心里甚至还完整的刈包，笑容在曹正彦的脸上漾开来，而那天的月亮，很圆。

满月。

“喂！下来啦！今天天气这么好，我们去猴探井看夜景。”

回过神来，我听见萧凯轩吼着。

很奇怪，他明明是开心地提议看夜景，因为天气好，因为月色美，可是从他的表情里却完全读不出任何开心的成分。

“不行啦！我家铁卷门——”

“那就从阳台跳下来啊。”

“怎么可能呀？这里起码三公尺——”

打断我，萧凯轩挑衅地说：“叫一八六接住你不就好了？”

而，连我自己也感到惊讶的是，我竟就被激到了的，跳。

跳。

我不明白他为什么要用激将法，我不明白怎么我会吃激将法，我只知道曹正彦果真也精准地接住了我。

神！

神。

猴探井，看夜景，三个人，啤酒卤味和烟火，天气很好月色很美但气氛却奇异的低迷；朝着山下放完烟火之后，我们仅是沉默地遥望着黑夜里的万家灯火，其实也可以说是，沉默地被山下的万家灯火遥望着。

“哎，你们知道为什么在夜晚有时候这些灯光看起来都成了灰濛濛的光圈一闪一闪的？”

黑夜中，曹正彦打破沉默，找话聊似的问。

“距离。”

“不是，再猜。”

“我懒。”

“为什么啊？”

“因为灰尘。”

“咦？”

我问，而至于萧凯轩则是很没劲似的自顾着抽烟。

“因为空气中的灰尘，下过雨就不会了，所以下过雨后来看夜景是最美的。”

“哦。”

“嗯。”想了想，曹正彦决定把这话题继续，“不过距离也对。”

“终于肯说啰？”

“呵。”

“干！我鸡圈白洗了！臭死我了！”

“我们只是冷战，不是分手，你少咒我！”

难怪他今天会在这里却不是在那里。

“怎么啦？”

“因为坏天气呀。”

“坏天气？”

“吼！你自己唱的歌自己还不知道哦？”

萧凯轩又扯开喉咙大呼小叫着，而且顺便还拍了一下我的额头，我实在很讨厌他这个举动，可是我却总又不敢直接说出口。

我想我是真的很胆小。

“她在那里认识了个好朋友，她变得很喜欢跟她在一起，太喜欢跟她在一起，喜欢到她越来越没空，没空到甚至希望我别去找她也没关系。”

“男的？”

“女的。”

“那你担心个屁呀？”

“我不担心，我只是……嗯。”

——*没办法，她没有我不敢出门。*

我想起曹正彦曾经说过的这句话，我想起他说这句话时脸上的表情，爱的表情。

“我会太大男人了吗？”

回过神来，我听见曹正彦这么问着。

“我觉得刚好耶。”

我说，可是声音太小以至于被萧凯轩那个大声公给盖去，结果话到了曹正彦的耳里只剩下萧凯轩的这个问答：

“你要是不大男人的话，这世界上就没有大男人啦！同学。”

“啧。”

“哈～～”

“有时候我觉得她其实并不爱我。”曹正彦闷闷地说，突然地说，“其实我上周末就不用去找她了，可是我又拉不下脸让你知道，就只好一个人开着车到处乱晃，在夜里，夜里的高速公路，很美，没想到原来夜里的高速公路那么美，呵。一个人开着车上高速公路，本来很想就这么开回高雄的，可是不知道为什么终究还是没有这么做。”只是，当才一说完，他却又立刻反悔了，于是他赶在我们反应过来之前，快快地把话题又转开：“不过其实这也不是我们第一次吵架。”

“我还以为你舍不得和张靖吵架咧。”

“为什么？”

“因为他超让张靖的啦！简直是把她当成女神一样的捧在手心里疼。”啧了一声，“搞不懂！”

好好哦。我说，在心底偷偷地说。

“她要去台中念舞蹈系的时候我们就吵过了。”

“那算哪门子吵架？”萧凯轩撇了撇脑袋，一副快要受不了了的表情,“你从头到尾只闷着脸说了一句:这样子我们只能周末见面了。而已,没种!”

“喂！够啰!”苦笑着,曹正彦似乎是试着想解释的样子:“我只是怕把她吓哭,这样也不行哦?”

“张靖会哭?”

“不,她几乎不哭。”望着天,在黑夜中,我却清楚地看见曹正彦眼中脆弱的不安,“就是因为这样我才怕。”

“怕什么?”

“怕她有干眼症哦？哈～～”

萧凯轩依旧不正经地乱开玩笑,可是这次曹正彦不理他,自顾着低声说道:“因为我妈就是这样,她几乎不哭。”

“你妈——”

“啊啊～～下场雨吧老天爷!”突兀地打断我,曹正彦起身,对着台中的方向宣泄似的吼着:“下场雨把灰尘带走呀!我想要看好夜景啦～～”

“是好夜景还是好爱情?”

“闭嘴啦!”

“哈！分手啦!”

“闭嘴啦!”

“你喝醉了你!”

“闭嘴啦!”

这三个字是在猴探井的夜景里,曹正彦最后唯一肯再说的话。

下山，回家。

在回家的路上，曹正彦执意要先送萧凯轩回家，这决定让萧凯轩很不高兴的样子，虽然我不明白他为什么要不高兴，虽然其实我自己很高兴。

虽然。

“谢谢你跳下来，那时候，从阳台。”

在送完萧凯轩的车上，只剩下我们独处的车上，曹正彦握着方向盘，眼神直视着前方，说。

“因为我今天心情真的很不好，所以把萧凯轩拉出来陪我厮混了一整晚，可是心情还是很差，差透了。”

“我——”

“所以萧凯轩就提议我们去找你，不好意思呀，大半夜的还把你拖出门。”

“没关系啦，反正我也没事嘛。”

“很奇怪，然后我的心情就慢慢回温了，你来了之后，果真是另一种形式的雨呀，洗掉了我的坏心情，干净了，干净。”笑了笑，在红灯前，曹正彦踩下刹车，转头笔直地凝望着我，“可能是因为你的笑容吧，很有感染力，我真的很喜欢看着你的笑。”

我只觉得心脏漏跳了好几拍，我觉得这样子好像是告白，不，就算不是告白，我也偏执地把这当成是告白；我心想在这时候我是不是该说些什么话，就算被拒绝，就算被当作是我的自作多情也好，也好。

可是结果我说的却是："呃……绿灯了。"

这样而已。

我真的好气我的笨嘴巴。

好气。

那是第一次我和曹正彦真正的独处，虽然只有短短十分钟不到的车程。

那是第一次我觉得他爱我，觉得他爱我，打从心底这么觉得，允许自己这么觉得。

虽然，实际上，他从来没有爱过我，他只是喜欢我。

从来。

他从头到尾只爱过张靖，毫无道理的那种，而，这么简单的道理，我却花了好几年的时间，才懂。

或者应该说是，才愿意懂。

几天之后，我从萧凯轩的口中听到他们又合好的消息，我觉得有点失落，但却不至于太难过；还有，我更感觉到惊讶的是，萧凯轩竟送了部手机给我：

"喏，你没手机，太不方便了。"用一种很不自然的表情，萧凯轩硬是把手机塞到我的手上，也不管我要是不要，"就像那天晚上,我们又不方便打电话到你家,有手机的话就会方便很多。”

“可是——”

“还有,你,有喜欢的人吗?”

“干吗啦？你今天怪怪的耶。”

“没有啊,怎会啊?”闷闷地低着头,萧凯轩说:“反正,你如果有喜欢的人,想跟谁交往都可以,但,就是不要跟曹正彦。”

“为什么?”

“因为他很爱张靖啊。”并且,“反正不管啦！今天是我生日,你就当作是送给我的生日礼物好了。”

[第四章] 暗。涌

如果只有一个选择的话，选爱你的人，别选你爱的却不爱你的。

早就知道的道理

却

从没选择过我

不后悔的我

之一

曹正彦

张靖打电话给我，在冷战的第五天之后，在午夜前的十分钟，张靖打电话给我，这是我们交往的三年多以来，她第一次主动打电话给我。

“不要生我的气。”

而，这是她开口的第一句话。

“不要生我的气。”

在彼此都短暂的沉默之后，张靖又重复了一次，而这次，她的声音里多了哀求的成分，然后，我听见自己心软的声音：

“我没有生你的气。”

我是在吃醋，你那个好朋友的醋。在心底，我补上这一句。

“也不要生耿耿的气，好吗？”

耿耿，她的那个好朋友，我听她提起过好几次，我听她提起过太多次，但是不知道为什么，我始终不想去记住的名字；我于是没有回答，我决定让她继续说下去。

她想要诉说，我心想。

难得的诉说。

“从以前就没什么人想跟我做朋友，上课时还好，但下课就很难受,每个人都在聊天都在说笑甚至是在吵架打架,可是就只有我一个人坐在位子上落单,那让我很不知所措,而且很难受;我不知道为什么会这样,而且,时间久了,我反而就更不想要去知道为什么了。"

"小靖……他们不是排挤你,他们只是不知道该怎么——"

"让我说,小彦,今天,让我说。"

"好。"

"他们只是觉得我冷漠我高傲我距离感重,我知道,可是我不知道他们为什么要这样子看我,是因为我的身高我的长相吗? 呵。"苦笑,张靖苦笑,"可是我不是这样子的人呐,我是吗?"

"你不是。"

你看起来是,但你不是,只要认识之后就会知道你不是,但问题就在于,他们不敢去认识你。

我心想,然后心疼。

心疼。

"然后那天,我永远记得那天,是雨天,你知道我说的是哪天吗?"

"我知道,是雨天,我也记得。"

我们都记得,我们一起回忆,三年多前的那天,我走向张靖的那天。

“呵，那天下课，你走到我们班来，你喊了我的名字，然后你说你喜欢我，我……很快乐。”哽咽，张靖哽咽，“我不知道该怎么说才正确，但就是……嗯，很快乐。你那么有名那么多女生喜欢你，没记错的话，那个校花也跟你告白过，对吧？”

“嗯。”

“她好美，谁看了都会觉得她好美的那种完全性的美，典型的美人脸，而且又好瘦，吃不胖，好羡慕。”

“小靖——”

“嘘。”打断我，张靖继续说着，“可是你定向的人是我，没有朋友、自闭孤僻又流言缠身的我，你知道吗小彦？我有时候甚至会觉得你应该喜欢的人是——”

“我爱的人是你，小靖，从头到尾我爱的就只有你，这样的你。”

“我……我也是，我爱你，我指的是这个，我知道我从来没有说过我爱你，我没说，不是因为我不爱不在乎，而是我真的不知道该怎么说？在什么时候说？用什么表情说？”

可是张靖……我从来没有要你说呀…从来没有，我只要你，快乐一点，还想要你，是因为我而快乐，只是这样而已。

这样。

“在别人看来，不，甚至是在你看来可能也是，可能我好像只是被动地让你爱着，享受着你对我的好、你给我的爱；你对我真的很好，小彦，真的很好，可是我不是因为你对我好才爱你，我是——”叹了口气，张靖叹了口气，“我是不太习惯说这些，我知道爱一个人就要让对方知道，可是我真的，不习惯把爱挂在嘴上。”

“我知道，所以我从来不管别人怎么说，可是小靖——”

再一次的，张靖打断我。

“可是小彦你知道吗？你不管别人怎么说，是因为别人不敢对你说，可是他们……嗯。”

“说下去！”

“他们会跑来问我，把我叫去说一大堆的话，很不舒服，和你交往之后，我变得开始害怕一个人，我本来是习惯了一个人的，可是后来变成只要你不在我身边的时候，我，就会很害怕，害怕被他们烦，我——”

“有人骚扰你？”

“不是骚扰，只是问，还有说，说一些连我听了都好生气的流言，我是不怎么会生气的人，这你是知道的吧？”

“我知道。”

“嗯，那些流言很、伤人，我不太想要回想，我甚至并不想要把它们说出口，我觉得好脏。”

“你为什么都不告诉我？”

“我怕你会生气，然后去揍他们，接着他们又跑来烦我，没完没了的。可是小彦，你又不可能总是在我身边，不是吗？”

“但你还是应该告诉我呀，小靖！应该告诉我的！”

“所以为什么我想离开那里就是这个原因，我想要去一个没有他们的地方重新开始，学我最爱的舞，梦想当个舞者，就算依旧过着还是没有朋友的生活也好。”

可是你有了朋友，在那里，在那新的地方，没有我的地方，你有了新的朋友，在你眼中，比我还重要的朋友。

“可是我有了朋友，耿耿。她下课会来找我说话，舞蹈课时主动邀我当舞伴，分组时我不用再尴尬会落单，放学后也不用再烦恼你是会来接我还是和萧凯轩出去玩。”

“……”

“我，现在很快乐，学着我最爱的舞蹈，有一个合得来的好朋友，还有你，又高又帅的男朋友，每个周末都来找我，这让同学们很羡慕，羡慕却不是说些奇怪的流言，我，很喜欢现在的生活，这样的自己。”

“你的意思是要和我分手吗？”

“不！怎么会呢？你怎么会听成那样呢？”张靖快快地说：“我的表达能力好像真的很不行。”她苦笑，“我的意思是，不要让我失去你，好吗？你是我的快乐里的一部分，最重要的部分，可是我真的，也需要朋友，自己的朋友。”

“……”

“我，一直很孤单，我不想失去耿耿，但我更不想失去的是你，如果没有了你，我可能，我不知道，我——”

“我去找你！”

“现在？”

“现在。”

花了一个小时左右的车程，我去找张靖，我思念的张靖；本来只是想要见她一面，甚至只看她一眼，就好，都好；但结果却留下来过了一整夜，然后延长为一整天，最后结果竟待了整整十天；整整十天我都待在张靖那里，陪她生活、送她上课、看她练舞，还有，试着喜欢她的好朋友，试着。

这是我上高职以后第一次逃课，整整十天，为的只是和张靖待在一起，很疯，我知道这很疯，疯狂却幸福。

回来之后我没先回家，反而是直接找萧凯轩，我没忘记我错过他的生日，在这十天里。

本来我以为这会被萧凯轩骂一顿或者酸一顿，但很奇怪的是，他竟没有；萧凯轩看起来很没劲的样子，有气无力地听完我们的十天之后，他只说了这一句话：

“你错过了认识我的第三个生日。”

果然。

“我有记得传短信祝你生日快乐哦。”有点心虚的，我回答，想了想，我决定再补上这一句：“反正我们还有很多的三年，不差这一次。”

“也对。”

“结果呢？你生日怎么过的？”

“没怎么过呀，就收了我妈一大把现金，吃了个无聊蛋糕，但没唱生日快乐歌，然后回房间玩了整夜的网络游戏，空虚。”

“你没找小雨一起庆祝?”

他摇头，然后改变主意，他点头。

“有啦，午休的时候我有去她们班找她，还送她一部手机，然后她好像觉得很奇怪的样子，但可能是怕我凶她吧，所以就还是收下了，哦，她记得那天我生日，所以说了一句生日快乐，还把她本来要喝的茶送我喝，以上。”

“以上个屁啦！你没顺便告白?”

“告白个屁！我又没有很喜欢她。”

死鸭子嘴硬，这爱情白痴。

“不喜欢她干吗送她手机？还有事没事就找她一起出来?”

“方便联络啊。”

“萧凯子。”

“就是凯啦怎样！喂！给根烟先啦！”两根烟，抽；把指间的香烟以一种仇人似的姿态狠狠吸进一口之后，萧凯轩才又说：“你知道吗？这十天我都没抽烟，真像个操他妈的乖儿子。”

“你戒烟?”

“没，只是单纯地习惯抽你的随手烟。”

“神经病。”

“也没去找萧雨萱,这十天,除了我生日那天。”

“为什么?”

“不知道,就,怪怪的,变得不知道该怎么跟她讲话,可能是太习惯我们是三个人的组合了吧,很怪。”

很怪,他话里没有指责,但听进我的耳里,却尽是责备。

“就像以前你坐她后面时那样就好啦。”

“然后就开始变成下午班同学了。”可能是不想继续这个话题了吧,萧凯轩没回应我却是自顾着说,望着前方,他自顾着说:“变成十六岁的第二天开始,我决定当下午班同学,哈!”

“下午班同学?”

“下午班同学,我们班给我取的新绰号,下午才来上班的萧同学,哈~~”

“干吗这样?”

我们不是约好了上高职后就不要再逃课的吗？我想问,但我没问,因为我觉得自己没有资格问。

是我先失约逃课的,我知道,所以我没问。

“无聊呀,所以就干脆让自己睡饱再上啦,哈~~”

“你好无聊。”

“嗯呀。”

虽然只有一根烟时间的沉默,但感觉却像是过了一个世纪那么久了之后,萧凯轩才终于打破沉默地说:

“你知道我国中的时候揍过蟑螂吗?”

“不知道,怎么了?”

“我也忘了那次干吗揍他,不过应该是看他胖不顺眼就叫过来揍一顿这类的吧。”

“哦。”

“你看什么看? 我记得那是我决定要揍他时的开场白。”

“大家好像都是这一句。”

“嗯,然后他反应不过来的‘啊?’了一句,我接着说:还回嘴! 然后就把他揍到尿裤子。”

他这几天怎么了吗?

“干吗突然讲这个?”

“就突然想讲呀。”

“哦。”

“我们现在回头看初中,会觉得幼稚得要命,那么以后的我们回头看现在呢?”

“一样啊。”

“喂! 问你,我人缘还算不错吧?”

“好透啦! 不然干吗选你当娱乐组组长?”

“嗯,我从国小就一路娱乐到现在。”又燃起一根烟,萧凯轩才继续说道:“可是很奇怪,你不在的这几天,我突然发现班上我找不到一个能讲话的人,我知道只要我随便走向谁就可以随便聊很久,可是不知道为什么我就是没劲。”

我觉得他心情不好的程度远远超过我的想象，我是很想问他怎么了，可是他脸上的表情却明显地告诉我最好不要这么问。

于是我没问，我只听。

“然后我就想到蟑螂，我想到我们三个人还蛮常一起干吗干吗的，所以我想不如找他讲话吧！实在无聊到快疯掉的下课时。”

“可是你只是想想结果却没有？”

“可是我只是想想结果却没有。”

“因为你想到你初中时揍过他？”

“因为我发现我居然又想揍他。”

“怎么了？”

“我受不了他下课时一个人坐在座位上看书，”呸了一声，“村上春树？那是什么鬼？”

那是我们都喜欢的作家，那是我后来送给蟑螂的整套村上春树，因为他没钱买，而我没空看，他不是什么鬼，他是村上春树。

在心底啰嗦了这么一堆之后，回过神来，才发现萧凯轩也还继续在啰嗦着：

“……这家伙为什么一个人也可以那么没有所谓的自在呢？搞不懂呀！不知道为什么那时候我瞪着他，我这样想，然后发现自己一肚子火。”

“结果你没揍他吧?”

“没有。”

“嗯。”

“因为他是你朋友。”

“哦。”

“而且他现在也比我高了。”

“什么?”

“蟑螂,他初中时比我矮,可是他现在比我高了。”

“……”

“一八六,那天在萧雨萱她家楼下你记得吧? 你说你一八六不是白长的,我知道你不是故意说来激我的,可是我就是听得很火大。”

“身高又不代表什么。”

“换成你只有一六八时再跟我说这句话。”

“神经病。”

神经病。

“有时候我觉得她其实并不爱我。”没头没脑的,萧凯轩突然蹦出这句话,“在猴探井,你不是有讲到这句话?”

“嗯呀。”

“你讲了之后,不知道为什么我居然发神经得很想哭。”

“原来你也爱张靖哦。”

“你白痴哦!”

然后萧凯轩就笑了，然后我就松了口气；还好这个幽默有成功。

还好。

“寒假找几天，大家约一约，我们去日月潭玩吧？”

“干吗？”

“因为我们认识三年来还没一起去过日月潭啊。”

“为什么是日月潭？”

“因为是日月潭啊。”

“哦。”

“我会找你也爱的张靖，当然。”

“你讨打哦？我真的不爱她啦！”

“我知道啦。”你爱的不是她，你爱的是另外一个绝口不承认的她，我当然知道。

“你知道我讲的是哪个大家啦。”

“知道啦。”

“我们四个人哦。”四个人，我说。而其实我真正想说的是两对。“到时候你别对张靖不礼貌哦。”

“我什么时候对她不礼貌了？”

“你一直对她很不礼貌。”

“我只是不想跟她讲话而已。”

“喂。”

"好啦好啦。"起身,萧凯轩伸了个不自然的懒腰,"我会试着和她做朋友啦。"

"那就好。"

"你们不要给我分手。"

最后,萧凯轩这么说。

当时我以为他只是纯粹为了我而接受张靖,然而往后回想时,我发现,其实我们都错得厉害。

都错得厉害。

错……

之二

萧雨萱

寒假找一天去日月潭看看吧！萧凯轩说。是曹正彦约的，还有张靖一起！萧凯轩强调。

可是整个寒假过去，我们却始终没有成行，整个寒假里我们去了好几次猴探井看夜景(曹正彦很坚持下过雨的夜晚我们就必须上猴探井看雨后的夜景。必须，他当时用的是这两个字没错，必须)，我们去了王宫看海踏浪(他们两个人还在海边演起琼瑶的海边追逐浪漫戏，真是够了)，我们还临时起意地去了阿里山等日出(并且在那里喝掉了或许可以填满日月潭那么深的啤酒，他们两个喝的，主要是)，我们甚至去了清境，为的只是喝一杯台湾最高处的星巴克咖啡(但我喝的是热巧克力，我对咖啡没兴趣，我觉得那是大人喝的东西)；我们几乎走遍了中部，这整个寒假，但唯独只缺日月潭，虽然他们都没有说为什么，但我想那大概是因为张靖很忙的关系吧！我想。

虽然我直正在想的是：为什么不能够就只是我们三个人去呢？像平常那样，我们三个人，一通电话，一个邀约，甚至是直接开车到我家楼下按喇叭那样，三个人，我们。

我只是在想，我没有勇气问，是没有勇气也是明白问也多余，我感觉得出来曹正彦好像很坚持日月潭这个地方一定要有张靖同行才可以，我不明白为什么，我没有勇气问。

张靖。

整个寒假张靖都没有回家，不，更正确的说法是，整个寒假我们隔壁邻居都没有人在家，我不太明白为什么连过年这种日子他们依旧不回家来，我不明白过年不回家，他们能去哪里呢？

本来就是不怎么出现的邻居，后来变成几乎不再出现的邻居，我们始终不知道那一家人过着怎么样的生活？为什么都不回家？我们难免好奇，但我们尽可能不加入和街头巷尾的婆婆妈妈们闲言闲语道人长短，妈妈说那样很不厚道，妈妈始终坚持虽然我们住在乡下地方，但我们还是可以不用活得像个乡下人那样，可以的话我真希望妈妈像个乡下人一样和邻居的婆婆妈妈们道人长短，因为这样的话我就可以由妈妈那边知道隔壁邻居的种种，知道张靖为什么不爱回家，可是妈妈不三姑六婆，妈妈是个台北小姐，妈妈从没忘记这件事情。

台北。

过年的时候我们全家回外婆家过年，淡水还是没怎么变，多了一些，少了一些，不过大抵都还在我记忆的范围里，我们的淡水没变，变的是我们。

我们,我和华琳。

华琳觉得我很傻,每当我提起曹正彦时,她总是嗤之以鼻说我过度美化这个人;我越来越明显感觉出华琳对于曹正彦的反感,我其实知道她反感的是我以崇拜的口吻提起曹正彦,她反感;本来我心想这只是因为华琳没有见过曹正彦本人所以不会明白的缘故,直到过年回外婆家的那次见面,我才明白那其实只单纯的因为华琳变了,变得超出我的记忆范围。

她讨厌的不是曹正彦不是我的崇拜,却是透过她的眼睛所看见的每个人每件事,都讨厌。

变。

在淡水的这家可以眺望淡海的我们初中时每次月考后都会来到这里喝果汁的领事馆里,我望着坐在我对面的华琳,我望着摆在她面前续杯又续杯的热咖啡,我看见改变。

华琳变得好有女人味而且注重打扮,虽然依旧明显看得出来还是学生模样,不过却变成是逐渐往大人世界里偏去的那种,变。

在那次的谈话里,华琳不再是一如往常地把谈话重心专注于她不再是全校第一名这件事的沮丧里,却像个激进派的女权主义者那般,把她满肚子的理论往我倒来,我其实听不太懂什么伍尔芙什么自己的房间什么物化女性什么什么的,我当然知道这是因为我不够聪明,不像华琳那么聪明,我的聪明只够到让自己察觉到华琳的不快乐，很不快乐；华琳如愿地考上第一志愿穿上绿色制服，可是她却变得很不快乐，这不快乐巨大到令深陷其中的她自己也没能察觉。

像个困兽之斗似的，如今的华琳。

好几次我想打断华琳，直截了当地问她怎么啦？可是华琳一直说呀说的说呀说的，在那大量的跳跃式的话语倾倒里，我只记得："不要让你的爱情变成只是被利用。"还有："如果只有一个选择的话，选爱你的人，别选你爱的却不爱你的。"

我没想到这会是我和华琳最后一次的面对面谈话。

许久之后我才知道当时的华琳正处于某个情感风暴里，而至于是什么样的情感风暴？对方是什么样的人？为什么？我们不得而知，我们所有人。

华琳在毕业典礼的当天，怀抱着存心故意要某人永远内疚的幼稚心态，选择在自己的房间里吞下大量的药物然后上吊结束早逝的生命，没留下遗书，只留下她的决心还有不快乐，就这么寂寞而无解地死掉。

我们始终不明白她为什么要自杀，只明白她不是为了自己而结束生命。

我真正想去的是爱河而不是日月潭，其实。

在那最后一次的谈话里，我记得我曾经这么告诉华琳，可是华琳并没有说什么，华琳只忙着说她的不快乐，连她自己也没察觉的巨大的不快乐,于是这个话题就这么被寂寞地略过。

我真正想去看看的地方是爱河,其实;就算是只看一眼也好的那种,真的;那年第一次遇见曹正彦时,由他口中说出来的这两个字,爱河,从他口中说出,不知怎的,特别有吸引力的,爱河。

当这个话题再度被我提起时,季节已经来到了夏天,暑假,凯柔姐姐回来的这个暑假;而那夜我们三个人在猴探井听的《坏天气》也因为《风筝》这张新专辑的推出而正式变成旧歌。

不知道他们会不会因此又半夜开车跑来我家楼下丢刈包呢? 我心想……

"你别被它的名字骗去啦! 笨小雨! 爱河其实很臭的,只要是高雄人都知道。"

凯柔姐姐说,在凯柔姐姐精心布置的吉普赛风房间里,她听了之后哈哈大笑地,说。

而当时我们正在她的房间里算塔罗牌,因为凯柔姐姐这次回来突然对塔罗脾产生浓厚的兴趣,所以她非常需要对象供她练习,也于是我和妹妹理所当然地变成她的练习对象。

说来好玩,上个夏天凯柔姐姐意志坚决地要当导游(而且还是欧洲线的导游)远走高飞,可这个夏天她却坚持自己是个吉普赛女郎(而且也果真把自己打扮成吉普赛女郎),我怀疑她其实只是着迷所有与流浪有关的元素,着迷,且追逐,还身体力行。

“可是我就是很想去看看叫作爱河的河会是个什么样的河嘛。”

“就很一般呀，而且很臭啦。”

“别理我姐了啦！凯柔姐姐先帮我算嘛！我要算爱情！”

“你有男朋友？”

“没有呀，所以才想算算看初恋什么时候嘛！”

“你才几岁呀老天爷？现在小孩子怎么搞得越来越早熟啦？”翻了翻白眼，凯柔姐姐还是继续问：“暗恋的人？”

“嗯嗯。”

“谁？”

“正彦哥哥。”

“那不用算了啦，浪费我时间。”

“为什么？”

“因为没可能的啦。”

“干吗要这样！过分呐！”

我忍不住笑了出来。

“喂！小雨！你先切牌，然后双手放在牌上面，在心底默念你的名字和对方的名字，然后抽牌，知道吗？”

切牌，手放上，萧雨萱，曹正彦，我默念。

“好了。”

好了，我说，然后抽牌，然后凯柔姐姐睁大了眼地惊呼。

“天哪！和我弟一模一样的牌像耶。”

萧凯轩也算塔罗牌？不是吧？

“凯轩哥哥也算过哦？”

“对呀！而且是他自己跑来要我算的，可不是我逼他的哦。”极得意地笑了笑，凯柔姐姐把视线重新搁回我脸上，说：“这个人带给你恋爱的感觉，非常的那种，可是如果你们交往的话，最终只会因为很不愉快的原因痛苦分手。”

“……”

“啧啧啧！跟我弟的牌像一模一样。哎，我说，你们算的人不会就是对方吧？”

“才不是咧。”我还是半信半疑，“所以意思是我和这个人会交往吗？”

“意思是，如果你和这个人交往的话，最终只会因为很不愉快的原因痛苦分手。”

凯柔姐姐没有明确地回答我，她只是强烈地重复了一次。

“所以到底是会交往还是不会呢？”

凯柔姐姐还是不回答我，她索性把问题丢回给我：“姑且不论这塔罗牌准不准好了，小雨，我倒是问问你！”好严肃的表情，“如果一段明知会结束而且是在痛苦里结束的感情，你为什么还要执意追求？嗯？”

因为我已经爱了他两年，而且我还知道的是，我不会只爱他这两年，却是无数个两年；我不知道为什么我知道，但我就是知道我知道。

回过神，我才发现她们的话题不知道已经聊到哪里去，一开始听时我还以为凯柔姐姐又在对着妹妹声称她的某世是女巫，于是把自己打扮成吉普赛女郎、住在吉普赛风的房间里、算着塔罗牌是她这辈子该走的路，而非她去年坚持的导游，然而仔细一听才发现并不是。

濒死经验，凯柔姐姐正在聊的是。

“……我看见我自己哦！我飘在天花板上，飞了起来，轻飘飘的，好舒服。往下我看见自己躺在医院的病床上，医生在给我急救，而我爸妈在旁边哭得好惨，凯轩也是哦，他那时候好像才五岁还是六岁吧！不知道发生什么事只知道很害怕地紧抱着我爸的大腿大哭，大哭哦！哭得鼻涕都流出来的那种哇哇大哭哦。”

“然后呢？”

“然后我看见我奶奶远远朝着我走过来，她告诉我时间还没到，接着很粗鲁地推了我一把，然后我倒抽了一口冷气惊醒，痛死了。”

“她推得很大力哦？”

“不是啦笨蛋！是醒来的我痛死了！毕竟是从山崖滚下去的死里逃生的萧凯柔我呀！”

“可是你奶奶不是在萧凯轩出生的那年就那个了吗？”

“嗯呀，所以我当时看见的奶奶是鬼呀。”

“唔……好可怕哦。”

“不会啦！因为是自己的奶奶所以不会怕啦！反而觉得很亲切咧。”

她骗你的啦！笨蛋。在心底，我这么啧了妹妹一声。

可是妹妹看起来好像吓坏了似的，抱着膝盖呢喃着：

“我也会看见大头哦。”

大头，我们家的狗，短毛的柴犬，已经离开了好几年了，寿终正寝的那种。

大头，我们家养的第一只狗，在台北的那个家；小时候我们好爱好爱它，几乎是光看着它就觉得心头暖暖的那种，爱；半夜妹妹会偷偷爬下床溜去客厅看它睡觉，每次有好吃的东西时总会偷偷先塞给它的大头，陪着我们一起长大的，大头。

在大头走了好几年之后，我们才终于又有勇气再养狗，小老头，爱吃好色又爱撒娇的英国斗牛犬，和大头完全不一样的狗，可是它们相同的是，每当做错事时，就会露出害羞的表情；妹妹搞不懂为什么不能继续叫它大头的小老头，因为它们是不一样的两只狗，尽管我们对它们怀抱着同样的爱。

嗯。

“一开始我还以为是作恶梦，后来才想到可能是大头回来看我吧！”

“少白痴了，妹妹！这世界上没有鬼啦！”

更何况是狗！白痴妹妹！白痴！

“可是大头真的回来看我而且还救过我嘛！”妹妹很坚持，“我骑脚踏车……等红灯……大头突然冲出来对着我一直叫，好凶好凶地一直哭……我吓了一大跳！”妹妹断断续续地说着，她把膝盖越抱越紧，而脸上是快要哭出来的表情，“……所以就先起身骑车……才一骑走，后面的招牌就掉了下来，才一骑走耶！如果没骑走的话，我一定会被招牌砸死的！是大头救了我，是大头啦！”妹妹果真就哭了出来，扯开喉咙大声说着：“是大头没错啦！我不可能认错大头的！它的嘴边那撮白毛不会错的啦！是大头救了我！它知道我好爱它嘛！它知道我最爱它了！它——”

“好啦好啦，是大头没错哟！凯柔姐姐也相信有鬼，而且是大头救了你，因为它知道你最爱它了，所以赶过来报答你呀。”

难得温柔的，凯柔姐姐轻拍着妹妹瘦弱的背，哄。

“可是搬来这里以后我就没见过大头了……它不知道跑哪里去了……大头可能不知道我们搬到哪里去了……我不知道怎么告诉大头我们住在这里……每次一想到这个我就好难过——”

“妹妹！这世界上没有鬼！”

我低吼。我发现我真的很受不了妹妹。

“明明就有！只是你看不到而已啦！”

“你再这样哭闹我以后就不要带你来找凯柔姐姐!”

“姐姐最讨厌了啦!”

“受不了。”

受不了。

就是在那个和凯柔姐姐算塔罗牌聊濒死经验而且还和妹妹大吵一架、事后怄气好几天的晚上,我们谁也没想到的是,同一时间的几公里外,张靖正和死亡擦身而过。

擦身而过。

而至于约好了要去的日月潭,我们始终没能去成。

我们,和张靖一起的,我们。

［第五章］ 移。转

你相信前世今生吗？

我相信。

我相信前世今生

也相信前世的爱情

移转不了今生的纠缠

之一

曹正彦

“你要小心那个耿耿。”

不知道为什么，当我手机里响起那个耿耿的来电时，脑海里直觉想起的，是蟑螂曾经告诉过我的这句话：你要小心那个耿耿。

过年时我们窝在蟑螂家里喝着他爸爸的威士忌，听着他哥哥收集的乐团唱片时，突然的，蟑螂从他嘴里丢出这句话来，像是犹豫了很久才决心说出的一句话，也像是突然想到，于是未经思考就脱口而出的一句话。

那个耿耿。简简单单的四个字，没有任何的情绪起伏，不加任何的言语形容，却清楚明白地点明了不屑。

“你要小心那个耿耿。”蟑螂说，“我女朋友说她在她们班的风评很不好。”

“我女朋友说她在她们班人缘很好呀。”

“那是她在被知道以前。”

“什么东西被知道？”

“T，你知道什么是T吗？”

“我知道。”

我知道。我说。把自己打扮成男生的女生，爱女生的女生。我心想。然后我想起在追到张靖之前,学校里的那些种种谣言,而女同性恋,就是其中之一。

摇摇头,我摇掉这个傻念头。

“因为她是 T,所以风评不好?”

“因为她是 T,而且会乱弄女生,连不是女同性恋的女生也骚扰,所以风评不好。”

张靖没说过这些。

“我女朋友被她骚扰过,唱 KTV,借酒装疯吃豆腐,我女朋友被弄得很不开心。”

“哦。”

“你不担心张靖吗?她们两个很好,在那个耿耿开始被班上排挤之后,只有张靖还和她走在一起。”

“干吗要担心?因为她的好朋友是个 T,就代表她也是 T 吗?”

大概是听出我话里的不高兴,于是蟑螂没再说什么,他只是耸耸肩膀,低头把玻璃方杯里的威士忌喝干,然后起身换了一张唱片,这样而已。

而这件事情我当是听过就算了,并没有拿去烦张靖,我知道她需要朋友,我知道她从初中开始就一直没来由地被流言缠身,我还知道每当别人向我提起问起张靖时,我的反应总是敏感地防备,我不知道为什么他们都惯于刺探张靖,以一种不怀好意的心态，我更不知道的是，从不道人是非的张靖为什么却总被是非攻击？每当想起这点时，我总会很心疼张靖。

心疼。

我只希望张靖能快乐一点就好。

就好。

然而，当我再想起这件事情，这蟑螂提醒我要小心那个耿耿的这件事情时，是我的手机里响起她的来电，而时序是夏天，暑假，张靖还是不回来的暑假；我不知道她哪来我的号码？只知道我听到她的声音时有种不祥的预感。

她怎么会有我的号码？她为什么突然在夜里打电话给我？

在她表明身份的那短短一秒钟，我有满肚子的疑问，可是我来不及问，因为她接下来说的话语，慌乱的炸入我的耳膜。

车祸……重伤……急救……

在那冗长而没有条理的慌乱话语里，我只听懂这三个关键字。

怎么会？

当下我唯一只知道要自己冷静，然后立刻驱车赶去照顾张靖，还有，别对她生气，那个耿耿，她。

在急诊室外，我们谁也没看谁地站着，椅子是有，可是我们坐不住，都心急得坐不住，接着我听她说，说这前后的经过。

心情很差。她说，她说她心情很差，所以要张靖陪她出门兜风透气，一开始只是漫无目的地骑呀骑，后来也不确定是谁提议的，她强调，接着她们车速越飙越快，越飙越快，快得失控，失控得来不及闪避对面的来车，接下来的事你知道了，她说。

接下来她紧急刹车，车速太快，刹车太急，她被因重心不稳而倒下的机车压住，压伤左手，皮肉伤，没大碍；而至于坐在机车后座的张靖，飞了出去，脑震荡，昏迷中，在急救，还有，左小腿是粉碎性骨折，以及，脚的左小指坏死，已切除。

“可能没办法跳舞了。”

医生说，在彻底的急救结束之后。

“腿是保住了，但还是得住院一阵子再观察，可能以后走路会轻微的跛，不过总算是不需要截肢，只是她应该没办法再跳舞了，她是舞者吗？”

“舞蹈系的学生。”

“我听见她一直梦魇地喊着她还要跳舞。”把眼镜拿下来用袖子抹了抹，医生看起来很疲惫的又说：“学生……她的家人呢？她没有家人吗？”

她有家人，她是有家人，可是她不喜欢她的家人，我不知道为什么，我只知道从初中毕业之后他们就没再见过面了。

“我是她男朋友,我会负责照顾她。”

我说,说给医生听,也说给那个耿耿听,强忍住想要揍她的冲动,试着平静地说给她听,虽然我真正想说的是:从今而后,你给我离张靖远一点!

我会照顾她,我说,可是实际情形是,张靖不肯让我照顾她,她说她的样子很丑,她的伤口很不舒服,她不要那样的自己被我看见,被我照顾;恢复清醒之后的张靖还担心耿耿有没有事?她没事,我回答,没受伤,回家休息了,我说;可是我没说的是,在张靖恢复清醒的那个凌晨,我要那个耿耿回家,然后警告她不准再出现在我眼前,如果她也想保住腿的话,因为该失去腿的人是她不是张靖!

死同性恋,是的,我还咒了她这四个字,死同性恋。

张靖不让我照顾她,可是张靖确实需要被照顾。我想过请看护,可是小姑姑不同意给我那么大一笔钱。

“我已经给你够多了,太多了。”小姑姑说,冷冷地说,还有,“还有,我们家族的人,从不开口要钱。”

去他妈的家族!去他妈的!

家族……

我想过打电话给爷爷,可是……

没办法,最后我只好硬着头皮打电话给小雨,问她能不能帮我这个忙?本来我以为小雨会为难会推托会拒绝会觉得我是不是搞错什么了，可没想到结果她却是一口就答应，小雨一口就答应，然后说：

“我妹妹小时候也常生病，所以我很会照顾病人。”并且，“有些事男生做不方便，我知道张靖在想什么，你不要当她是闹别扭哦。”

就是那个当下，我忍不住哭了出来，从接到电话、赶到医院的这一整天以来，我第一次终于哭了出来。

这是十岁那年妈妈不告而别之后，我再一次感到无助的滋味，而，不同的是，这一次，我有朋友的帮助。

小雨。

从那天开始大概半个月左右的时间，每天萧凯轩会开着我的车载小雨来医院，他们会待上一整天，小雨照顾张靖的生活细节，而萧凯轩则陪我去买些食物以及生活用品，有时候我们会在医院门口抽烟，通常不说话，只抽烟。

我感激他的陪伴，还有，不评论，因为那正是我需要的。

不评论。

那是我们最近也最远的距离，我们，我和张靖。

这半个月里，我们每天生活在一起，可是话，却没说上几句，连眼神的交流，都没有。

“好奇怪的脚。”

在办理出院的那一天，张靖说，低头望着她死后新生的脚，说，这是她车祸以来第一次主动开口说话，不再是点头摇头，或者是沉默着流眼泪。

低头望着自己的脚，张靖第一次主动开口说话，仿佛她诉说的对象不是我，却是她的脚那般。

“嗯？”

“小腿上的这块皮肤，你发现了吗？不太一样。”

是不一样，当然不一样！你小腿的骨头全碎了，腿上的皮肤都烂了，所以医生取下你臀部的皮肤移植过去，然后新生，是不一样，当然不一样！

妈的！

“久了就看不出来了。”

结果我只是说了这句话，把愤怒忍下，我只淡淡地说了这句话。

我觉得好累。

“里头的钢钉，也是久了就会习惯吗？”

“会开刀拿出来，等骨头愈合之后。”

“还要再开刀？”

谁叫你他妈的和那死同性恋飙车！他妈的！

“嗯。”

“好丑。”

“疤会退的，医生特别帮你用美容针缝合——”

“我是说脚掌，没了小指头，畸形得好丑。”

“谁叫你他妈的和那死同性恋飙车！”

忍不住地，我还是吼了出来。

我觉得好累。

“对不起。”

“谢谢……帮我跟小雨说谢谢，好吗？她叫小雨，是吧？”

“嗯。”

她叫小雨，从我第一次看到她的时候，就希望她能和你见面、能和你做朋友，她会是个好朋友、对你有帮助的那种好朋友，可是你一直很忙，你忙着和那——算了。

“麻烦她这样照顾我，却没有跟她亲口说声谢谢，我……很抱歉。”

“我会转达的。”

“我真的很抱歉，对你也是。”

“别说了。”

别说了。

我们从医院一路沉默着回到张靖的住处，在下车后，她才又开口说：

“我想，我还是休学好了。”

“为什么？”

“反正不能跳舞了，干脆直接去工作吧，不知道有什么工作是脚不好还能做的呢？”

我试着要自己别听到最后那一句话，然后尽可能平静地问：

“你总是可以把书念完吧？”

“可是医药费……”

“我会想办法。”

“很大的一笔钱呢。”

“我说了我会想办法！”

然后张靖噤声，然后我才发现我的情绪又失控了。

“有钱真好，如果我们家也有钱的话，也不会这样了吧……”

“小雨家也没钱，怎么就不会这样！”

我们家很有钱，但我现在还不是这样！钱又怎么样！他妈的！

“对不起。”

“我扶你上楼吧。”

叹了口气，我说。

上楼。

“生日快乐。”

“嗯？”

“你明天生日，不是吗？”

“嗯。”

“所以我才想今天就出院，听说在医院过生日会晦气。”

“我又不迷信这个。”

“小彦……别再生我的气了，好吗？你生气的样子，我会害怕。”

“我没生你的气。”

“好吧。”

“张靖!”

“嗯?”

“别再和那个耿耿混在一起了,就当作是送给我的生日礼物,好吗?”

“……”

叹了口气,张靖点头,点头,却没说好。

我当她说好。

下楼,开车,在等待热车的时候,我打了电话给小雨和萧凯轩,我约他们去日月潭;我没忘记我们约好了要找一天去日月潭看看,我没忘记我们一直没去成是因为张靖一直抽不出空,我没忘记我记得他们一直很想去日月潭看看,我没忘记他们一直没再问的原因是我一直没再提起过。

我没忘记。

没忘记明天就要去把这辆车卖了,好还清那一大笔的住院费用。

没忘记。

日月潭,趁着我还拥有这辆车的最后一天,我们来到日月潭，终于。

当我接完小雨和萧凯轩来到日月潭的时候，天色已经从黄昏变成夜晚了，而月亮，是满月。

月圆。

望着天上的圆月，我听见自己这么说：

“日初要去阿里山，月圆要在日月潭，我妈说的。”

日初要去阿里山，月圆要在日月潭。妈妈说。小时候妈妈把我抱在她的膝盖上时，她说的；妈妈常常把我抱在膝盖上说着她和爸爸相识相恋的这些那些，他们都是不热爱出国的人，他们不敢坐飞机，不敢也没必要，他们觉得在台湾什么都有了什么都够了，可是现在的他们一个在东京，腿被爷爷打断了，而一个在绿岛，等着我十八岁那年出狱。

“那夕阳呢？”

小雨问。

然后我就笑了，当年我的反应也是接着问同样的问题，当我坐在妈妈的膝盖上时，那个还很小很小的我，仰着脸这么问着妈妈。

就像现在的小雨，此时此刻的小雨。

“当然是我们的西子湾呐。”

于是我用同样的回答回答小雨。

“不是爱河吗？”

“爱河？为什么？”

“没有啦,只是突然想到而已。”

“你老家不是在爱河旁边?”

“对啊。”对啊,我说,而且自从十岁那年离开后我就没再回去过了,我心想;我心想,然后不知道为什么,我突然很想要告诉他们这个秘密,在日月潭的月圆底下,我说:“知道吗?那个女的不是我妈,而是我小姑姑。”

“哦?”

“小时候很多事我都搞不懂为什么,久了倒也就没想到要去搞懂了,因为没必要,而且也没有人会告诉我,可是今天,在开车去接你们的时候,突然地,我开始回想很多事,从头到尾地回想,然后想着想着,突然地就懂了。”

“例如什么事?”

“例如张靖。”

我回答萧凯轩,本来我以为他会抬杠或者酸我几句,可是他没有。

“我搞不懂为什么我第一眼看到她就爱上她,本来我以为那叫作一见钟情,可是今天我明白,终于明白,或许我只是从她身上看到我妈妈的影子,她们真的……很像。”

真的很像,越来越像。

“哦。”

“你不笑我恋母情结?”

“看你心情不好,留着以后再笑。”

然后我们就笑了,这萧凯轩……

“你们有没有听过蓝色月亮?”

“什么蓝色月亮?”

“没听过。”

“在二〇〇四年七月三十一日那天,天空会出现蓝色的月亮。”

“哗～～”

“然后呢?”

“然后看见蓝色月亮的人,就能拥有幸福。”

“真的假的?”

“那我们等到那天再来这里看蓝色月亮好不好? 刚好是我们的生日耶!”

“好啊。”

“还有三年耶,好久。”

“很快的。”

时间过得很快的,转眼我已经离十岁很远了,不是吗?

“不知道为什么,当我追到张靖的时候,我第一个念头,就是想带她来这里,告诉她这个传说,这蓝色月亮。”

“为什么?”

“不晓得,就是觉得这样一定会很棒吧!”

“我是说她为什么没来啦!”

"因为她在休息。"

我觉得她不会想来,而且我今天一直对她发脾气,我知道。

"那还是可以改天再一起过来啊。"萧凯轩说,然后又补了这么一句:"反正都等了半年,也不差这几天。"

我听出他话里的埋怨,我觉得很过意不去,无论是对萧凯轩,或者是对小雨。

"因为我的车明天就要去卖掉啦,来不及啦。"

"为什么?"

"医药费,得卖了才还得清,我小姑姑不肯给我那么多钱。"

因为她已经给我够多了,太多了,而且,我们家族的人,从不开口要钱。

"那,我们在这里等到天亮再回去好不好?"

转头,我们同时惊讶地望着提议的小雨。

"在这里变成十六岁,感觉一定很棒吧!"

小雨说,望着我,她这么说。

之二

萧雨萱

当曹正彦打电话给我的时候，我正在和梦挣扎着，而梦是关于他，少女漫画似的梦，说不通也想不透。

梦的场景是个欧洲古堡，古堡后方有片湖，湖的另一头是森林，而他从森林里远远朝着我走来；在湖的两端，我们相遇相识相恋，在梦里头，我是个名门之后，或许还是个公主也说不定，我不确定，只确定梦里的我们爱得正好，而且还有点不被身边的人看好；在一次偷窃中他的身份被拆穿，原来梦里的他不是贵族却是小偷，用偷窃所得支撑他宣称的家世，以匹配我的身份；梦的最后是他被逮捕，被逮捕的他表情是不后悔。

“我不是骗你，我只是选择唯一能爱你的方式。”

就是在这句话里头，我从梦境惊醒回现实，在现实里我被曹正彦的来电扰醒，现实里他不是小偷我不是公主，现实里的他听起来明显的疲累，疲累的他用脆弱的口吻问我晚上有没有空？想去日月潭走走，还有萧凯轩一起。

“张靖出院了？”

“嗯，虽然有点勉强，不过她坚持今天出院。”

“她好点了吗？”

“还是不太好，不过……总算是开口说话了，终于。”

我没听过曹正彦那么脆弱的声音，仿佛受伤的是他不是她。

我于是说好。

我说好，并且尽可能地让自己答应得不勉强。

我其实不想去，因为我觉得很尴尬，并不是正好因为发了一场和他谈恋爱的少女梦，却是因为萧凯轩。

我们其实已经尴尬一阵子了，我和萧凯轩，这个我们。

我记得那天他照例是在午餐后开着曹正彦的车来接我一起去医院看他们，在车上，萧凯轩没头没脑地丢来这句话：

“感觉好像我爸跟我妈。”

“什么？”

“这样啊。”

萧凯轩说，然后随手燃起一根香烟，并且把孙燕姿的《任性》这首歌按下重播键；我其实很讨厌他在车上抽烟，这让我很容易晕车，曹正彦的烟瘾也很大，但他就从来不会在车上抽烟，因为他发现我会晕车，我会知道是因为有回他就这么直接地确认然后避免，而当时萧凯轩也在车上，也听到，可是他就会更故意地这么做，这就是他们两个人最大的不同。

“我爸也常开车载我妈到台中照顾我外公，我外公中风住院，好几年了。”

“他还好吗？”

“好不了了啦，而且现在又老年痴呆，不过没办法，年纪大了嘛。”

“哦。”

“我爸也常凶我妈。”

“啊？”

“我爸也常凶我妈。”萧凯轩又重复了一次，“可是他们感情其实很好，我爸只是闹着玩而已，我妈都知道。”

跟我说这个干吗？我心想。

“我爸很疼我妈，虽然很大男人，不过是个疼老婆的人。”

“哦。”

“我也是。”

“啊？”

“我也只是闹着玩而已。”眼睛不自然地直视着前方，萧凯轩像是在解释着什么似的，用力说道：“我常常对你大声，我知道，但其实我只是闹着玩而已，你会觉得很讨厌吗？”

是蛮讨厌的。

“还好啦，习惯了嘛。”

我说，然后突然地想起那年在野溪旁时，曹正彦说过的萧凯轩：

——我们是同类。

——别看他痞模痞样的，其实他只是故意装成那样子来骗大家而已。

——*为什么要这样?*

——*因为自我保护啊。*

回过神来,我听见萧凯轩问:

"觉得我们这样像不像在交往?"

我傻住。

"我……发现其实我还蛮喜欢只有我们两个人的时候,不,是比较喜欢只有我们两个人的时候。"

"……"

"你呢?"

"我什么?"

"你喜欢我吗?"

我不知道该怎么回答,我好希望曹正彦此时就在这里,他如果此时就在这里的话,萧凯轩就不会突然地说这些奇怪的话了吧?他如果在这里的话,他一定知道该怎么打圆场的吧?

"我喜欢你很久了,从你还不是小孙燕姿的时候,我就喜欢上你了,你,都没有发现吗?"

没有,没想过要有。

"我有喜欢的人了。"当孙燕姿又重新唱起《任性》时,我听见自己这么说,"他,有女朋友了,所以我——"

"算了,当我没说过。"

粗暴地打断我,萧凯轩说,然后沉默;在沉默到底的尴尬里,只剩下孙燕姿高亢的嗓音还在一次次地唱着《任性》。

固执算不算任性的要求　付出也可能看不到结果

终于你还是选择了放手　用逃避让感情　犯错

喜欢听歌　动人的歌　它让我觉得爱是对的

本来我以为这尴尬会就这么过去，隔天萧凯轩会变回原来那个痞模痞样的萧凯轩，装没事地依旧对我讲话很大声，动不动就大着嗓门骂我笨笑我呆，故意做一些我会讨厌的事情气我，偶尔想一些小把戏来整我，说不准还自嘲地推说昨天那些告白只是因为他宿醉，也可能他会辩解只是演场戏，就等我当真上钩再大肆嘲笑我自作多情真好骗……可是他没有，都没有，结果那天他还是一如往常地开车送我回家，在车上一句话也没有说，赌气地连音乐也不再放，然后……

然后是深夜，凌晨三点钟，我记得很清楚。凌晨三点钟，我接到萧凯轩打来的电话，电话那头的他明显地醉意，醉意里他沙哑着声音问：

"是曹正彦，对吧？"

"什么？"

我觉得好困，我以为我在做梦。

"你暗恋的那个人，是曹正彦对吧？"

"嘿！可不可以明天再讲？我好困耶。"

"你为什么不爱我！"

"萧凯轩……"

醉透的萧凯轩听不见我的任何一句话，醉透的萧凯轩只是不断不断地重复着这句：你为什么不爱我！

你为什么要爱我？

其实我反而想问的是。

那个萧凯轩醉透的夜里我并没有挂他的电话，相反的，我只是在电话的那头安静地听着他、陪着他，还有，羡慕他。

你为什么不爱我？

这几年来，我问也问不出口的问题，我羡慕他问得出口。

你为什么不爱我？

我忘了那场混乱的电话最后是怎么结束的，只记得隔天我们都没有去医院，而曹正彦没有问什么，他可能以为我们刚好都有事，也可能他满脑子只有张靖而塞不下我们，这样而已。

后来是萧凯轩主动传了短信表示抱歉，短信的末了他问我还是不是朋友？是呀，当然还是，这么回了短信之后，萧凯轩开着车出现在我家门口，而我朝着车内的他点点头，接着上车，去医院。

选择假装这一切并没有发生过，这是我们无言的默契，无言的不只是默契，还有我们之间的相处。

无言的沉重。

那是我们最后一次一起到医院去探望张靖，那天萧凯轩说他接下来暂时会有事，可能没办法再来了，而曹正彦听了之后没多问什么，只说了声谢谢，真的很感谢他强调；而我也没问什么，因为我想我大概知道为什么。

他可能只是暂时不想看到我，这样而已。

那天的最后曹正彦说要请我们吃饭以表达谢意，可是萧凯轩却很不给面子地拒绝了，本来我以为他是在生气，还生气，生我的气，可是那天在回去的车上，萧凯轩却说了抱歉，起先我以为他是为了那晚的电话道歉，但是结果他不是，他是为了拒绝我们的晚餐而道歉。

"曹正彦最近好像手头比较紧。"

"咦？"

"他没说，他不会说，是我感觉到的。"

"嗯。"

于是我才发现，在萧凯轩粗枝大叶的外表下，其实却包含着一颗细腻的心，或许正如曹正彦那年说的：别看他痞模痞样的，其实他只是故意装成那样子来骗大家而已。

我为什么不爱他？

那是我们三个人认识以来的第一次，各过各的，没联络。

直到曹正彦打电话给我，脆弱着问要不要去日月潭，我觉得很为难,我不知道该怎么面对萧凯轩,我很害怕他把那天的事告诉曹正彦,我害怕他猜出我暗恋的人是曹正彦然后还说出来,我——

我听见自己说好。

还是想见他的面。

曹正彦。

日月潭,三个人,各怀心事。

“日初要去阿里山,月圆要在日月潭,我妈说的。”

在沉默中,曹正彦说,像是在念绕口令似的,说。

“那夕阳呢?”

然后他就笑了,曹正彦笑着回答:

“当然是我们的西子湾呐。”

不是爱河吗?

“不是爱河吗?”

“爱河？为什么?”

“没有啦,只是突然想到而已。”

“你老家不是在爱河旁边?”

“对啊。”

看着他们两个人的互动,我心想萧凯轩应该是没有把那天的事告诉他吧！我想。

“知道吗？那个女的不是我妈,而是我小姑姑。”

"哦?"

"小时候很多事我都搞不懂为什么,久了倒也没想到要去搞懂了,因为没必要,而且也没有人会告诉我,可是今天,在开车去接你们的时候,突然地,我开始回想很多事,从头到尾地回想,然后想着想着,突然地就懂了。"

"例如什么事?"

"例如张靖。"曹正彦说,叹了口气地说,"我搞不懂为什么我第一眼看到她就爱上她,本来我以为那叫作一见钟情,可是今天我明白,终于明白,或许我只是从她身上看到我妈妈的影子,她们真的……很像。"

"哦。"

"不笑我恋母情结?"

"看你心情不好,留着以后再笑。"

然后我们就笑了,笑得心都酸了,为什么我们不能永远保持这样呢?

"你们有没有听过蓝色月亮?"

"什么蓝色月亮?"

"没听过。"

"在二〇〇四年七月三十一日那天,天空会出现蓝色的月亮。"

"哗～～"

“然后呢？”

“然后看见蓝色月亮的人，就能得到幸福。”

“真的假的？”

“那我们等到那天再来这里看蓝色月亮好不好？刚好是我们的生日耶！”

“好啊”

“还有三年耶，好久。”

“很快的。”很快的，“不知道为什么，当我追到张靖的时候，我第一个念头，就是想带她来这里，告诉她这个传说，这蓝色月亮。”

“为什么？”

“不晓得，就是觉得这样一定会很棒吧！”

“我是说她为什么没来啦！”

“因为她在休息。”

因为她在休息，曹正彦回答，回答得太快，快得像借口。

他们又吵架了？

“那还是可以改天再一起过来啊。”萧凯轩说，然后又补了这么一句：“反正都等了半年，也不差这几天。”

“因为我的车明天就要去卖掉啦，来不及啦。”

“为什么？”

“医药费，得卖了才还得清，我小姑姑不肯给我那么多钱。”

他没猜错,萧凯轩……

“那,我们在这里等到天亮再回去好不好?”

转头,他们同时惊讶的望着提议的我。

“在这里变成十六岁,感觉一定很棒吧!”

虽然没有蓝色月亮,但……嗯,感觉一定很棒。

那天从日月潭回去之后,曹正彦说要先送萧凯轩再送我,而这次萧凯轩并没有多说什么,甚至没有任何的情绪出现在他脸上,不像那一次我们从猴探井回来那样,情绪。

同样是十分钟不到的车程,不同了的是十六岁前后的我们。

“没想到最后和我坐在这车里的人是你,呵。”

“咦?”

“这车,我十五岁的生日礼物,送你回家之后,就要直接开去卖了。”

本来你希望会是张靖吧?我心想,我没问,我问的是无关痛痒的其他:

“那你怎么回家啊?”

“蟑螂会送我,这车他堂哥会帮忙处理掉,他堂哥开修车厂,帮我卖了个好价钱。”

“好好哦。”

“呵,你好像很喜欢说这句话哦?”

“唔……”

“感觉很好啊，每当你说这句话的时候，我真的会有种事情应该会变好的预感哦。”

好好哦……

“嘿！还有两个街口的距离。”

“嗯？”

“可以让我说一点文艺腔吗？在这最后两个街口的距离？最后我还拥有这辆车的时候？”

“好啊。”

“爱情里的流浪汉。”

“嗯？”

“嗯，这阵子我一直有这种感觉，我好像是个爱情里的流浪汉。”

爱情里的流浪汉，他说，这阵子他常常出神地凝望着张靖，然后真实地感觉到他在她的身边，却不在她的爱里，有时候他甚至会有股冲动想把病床上的张靖摇醒，问问她是不是真的爱他？为什么爱他？是爱他还是依赖他？

爱情里的流浪汉，他又重复了一次，流浪在爱与不爱之间的摆渡人。

“很好笑，原来失恋真的会让一个人变得文绉绉。”

“你们分手了？”

“不，可是很奇怪，我居然有种失恋的感觉，怎么会这样？”

"……"

"小雨……"

"嗯?"

"你可以……再说一次'好好哦'吗? 就当作是帮我加油打气,好吗?"

好,当然好。

"好好哦。"

"呵,好傻。"

好傻,他说,呢喃似的说,只是我不知道他说的是他还是我。

好傻。

［第六章］

推。翻

当你把自己推翻时

感谢你想起

还有我

之一

曹正彦

别人的十六岁都是怎么度过的呢？往后当我回想起我的十六岁时，不知道为什么，总是涌起这样的感触；而当时的我，变成十六岁、经历十六岁的我，只觉得不耐烦，不耐烦任何事，不耐烦任何人，仿佛全世界都与我为敌那般的，不耐烦。

很奇怪，当我得到我的车，拥有它的这一整年从来没有过任何感觉，我只是接过车钥匙，然后学会它，然后使用它，这样而已，连声谢谢也没对谁说过，无论是爷爷，又或者小姑姑；可是当我失去它，当我把车钥匙递给蟑螂他堂哥的那一刻，才明白，我，真的很喜欢它，不想要失去它，可是却不得不变卖它。

真实的失去，当他接过车钥匙那一刻，我感觉到。

“可惜啊！很棒的一辆车。”堂哥说，“我已经工作了七、八年，修了不知道几百辆车，手上的油渍黑得怎么洗也洗不掉地辛苦工作了这么久，可是我还买不起它呢！”

我知道他没有挖苦我的意思，可是当下我真的很不高兴，我甚至有点想要揍他。

“那干脆你就把它买下来嘛。”

“不行啊！我买不起，而且还需要这份佣金，还得养两个女儿啦！大的三岁，小的三个月，开不起这样的好车。”

“谁叫你爱生嘛。”

他没听出我话里的酸，他自顾着说：

“命很好哦！你这小子，说买就买，说卖就卖。”

干你屁事，用尽了全身的力气，我才得以把这四个字收回嘴里。

干你屁事。

卖车，收钱，付清医药费，然后我回家，很奇怪的是，我的感觉不是松了口气，却是沉重。

沉重。

知道这件事之后，小姑姑的反应是勃然大怒，我知道后来我的人生开始走偏，偏得不再如她所愿，可是她从来也没有对我生气过，当教导主任多次找她到学校恳谈时，当我每次带着打架后的新旧伤痕回家时，她都没有生气过，至多只是以冷漠来表达她的失望，可是她这次勃然大怒，对于我的自作主张，她怒不可遏。

“我今年四十岁，过了四十个生日，可是你爷爷从来没有送过我生日礼物。”

她说，可是她气的不是爷爷，她气的是我。

“那是你爷爷亲自去挑了送你的生日礼物，而你居然把它卖掉！”

“我需要钱啊，我问过你的，如果你还记得的话。”

我回嘴，理直气壮得好像这是她的错。

“就为了那个小太妹？”

“她不是小太妹，她只是被坏朋友拖累。”

“怎么？坏朋友拿着枪逼她去飙车不成？”

“你没有朋友，你不会懂。”

我说，赤裸裸地说，赤裸裸的残忍。

“一代不如一代，干脆把你送回家族让你爷爷亲自管教算了！”

“不要再提爷爷了好吗！开口闭口爷爷爷爷的你不烦吗？他甚至连看也不看你一眼，你为什么还要那么爱他！那个不要你们的家族，你为什么还要念念不忘！你难道都不替自己感到悲哀吗！”

我吼了过去，然后我看见，我看见小姑姑的表情是受伤，伤得不再是平时学校里那个严肃的老师。

不应该说这么重的话！不可以，我的心已经后悔了，可是我的嘴却失控地倔强着、残忍着：

“你当年本来就不应该把我带走！你凭什么假装是我妈妈！你为什么不让我和我妈在一起！你凭什么拆散我们！”

“不是拆散是保护。”

冷下了口吻，小姑姑说。

“去他妈的保护！你自己没有妈妈就算了！为什么要我和你也一样！”

"我没有和你一样,你不要把我妈和那个女人相提并论。"冷冷地,小姑姑说,把这么多年来我问也问不到的答案,冷冷地说出,"我妈妈是爱上别的男人,然后一起逃跑走了,我气她但我不恨她,因为我们都知道你爷爷是怎么样的人,但你妈妈不是,她被惯坏了,还带坏你爸爸,她连累了家族,她被打断腿,她活该。"

"闭嘴!"

"她吸毒吸到脑子都坏了,她脑子都不清楚了怎么当你妈? 你知道我们是怎么发现这件事的吗? 你真的不知道吗?"

我知道,只是我当时并不知道,我当时还那么小,我怎么会知道那代表什么!

你为什么要告诉我! 你为什么要说破!

Fuck!

"你闭嘴!"

"你才给我闭嘴!"

小姑姑把她几乎不离身的包包往我脸上扔来,她扔痛了我的脸,可是我的脸痛不过她的心;气红了眼眶地、小姑姑说:"都在里面了! 你妈的联络方式,你爷爷托付给我的教育基金,到你十八岁之前都还绰绰有余的一大笔钱,随你爱怎么花就怎么花,我不管了! 你就算全部拿去孝敬你妈妈可爱的小鼻子我也无所谓了!"

"她还在吸毒吗?"

她不回答我，可能她真的不知道，也可能她还是不忍心我知道；我只知道她自顾着失望：

“如果不是家族的人，我也懒得理你。”

丢下这句话之后，小姑姑摔门走掉，离开。

我不知道她会去哪里，我知道她一向不怎么出门，不爱出门，可是现在她被我气跑了，她会去哪里？我知道她能去的地方比我还少，只剩下这里了，她的家。

她会回来吗？

当我蹲在地板上把散落的物品捡回包包里时，突然发现到这件事情：这是第一次，我一个人被留在家里。原来是这种感觉，下课后总是一个人待在这房子里的小姑姑，原来是这种感觉。

摇摇头，把寂寞感从身体里驱走之后，我低头检视这小小包包里少少的东西：一本存折，一只印鉴，一本电话簿，一张小卡片，这就是小姑姑随身携带的小包包的全部了。

卡片是多年前爸爸随着这个包包送给姑姑的，卡片上有着当年爸爸笨拙的笔迹，笨拙的笔迹写着：小妹，当你怨恨爸爸偏心时，想想还有我这个最爱你的哥哥。

合上卡片，我拿起电话簿，电话簿上写着羽薇两个字，电话簿里一个个的电话号码透露出妈妈这几年来生活的流离。

她们还有联络，而她是可以找到我的，可是她从来没有，没找我，也没打电话给我。在只剩下一个人的屋子里，我具体地发现到这件事，我于是不像十岁那年那样，我只是呆望着这串数字一分钟左右的时间，然后把这数字存在我的手机里，接着把它放回包包里，这样而已。

这样而已。

圆形印鉴上以草体字刻着我的名字，名字同时出现在存折里头，存折里头是还有很多的长长数字，小姑姑说的没错，这笔数字供我到十八岁还绰绰有余，有余得很；我是该感谢爷爷的大方还是小姑姑的妥善保管？抑或我是家族里独生孙子的这件事情？

该死。

翻开存折我细读，细读着这么多年来关于我、而我却从来不理会的存折，属于我的存折，却充满小姑姑一丝不苟的作风，充满小姑姑作风的存折无声地倾诉着她真的花了很多时间在我身上的证据；于是我才知道，这么多年来爷爷持续每个月固定汇入一笔金额，金额的一半被存了下来，金额的另一半用于生活的支出，每笔支出都被细小且工整的字迹仔仔细细地记录用途，仔细得几乎琐碎，我不知道这是纯粹的记录，又或者是留待着父亲回来那天好供他一目了然我这些年来的生活大略？不晓得，只晓得这些支出完完全全都用在我身上，小姑姑从来没有拿它为自己买点什么，连个生日礼物也不曾有过。

小姑姑的生日是什么时候呢？我困惑地想着。

我想不起来，我只想到自己是不是耽误了小姑姑的青春？我想起这些年来陆陆续续有人追过小姑姑，有些还到了提亲的那种程度，可是最后都不了了之，是因为我的缘故吗？

无解。

把包包收好放在客厅桌上最显眼的地方，接着我让自己躺在沙发上试着睡一会儿，睡得很不安稳，不过还好总算得到了一些休息；醒来的时候窗外已经是黄昏，而小姑姑还是没有回来。

打个电话跟她道歉吧！张开嘴巴，我这么问自己，可是手机都拿到了手边，却怎么也没有勇气按下号码，再说就算真的按下了号码，我应该也是开不了口的吧！

算了。

我于是起身到厨房就着冰箱里的食材做了两人份的晚餐，晚餐做得很难吃，不过我还是勉强吃完自己的那份，当我把碗洗好的时候，家里还是只有我一个人。

我觉得好累，前所未有的疲累，洗过澡后就直接回房间里睡，夜里张靖打了几通电话给我，可是我都没有接，让电话就这么孤零零地在房间里响着。

我很累。

隔天起床走出房间的时候，我看见小姑姑已经回来，我不知道她是什么时候回来的，不过光是看着她一如往常地坐在沙发上读着她的村上春树就让我觉得有种安心感,而包包已经不在客厅桌上,餐桌上昨天的晚餐也被换成是还热着的早餐,虽然我们都没有跟对方说话,但我们的表情看起来都明显地松了口气,我们其实是依赖着对方的,我心想。

宿命把我们绑在一起。

宿命。

当张靖再打电话给我是午夜过十二点,而这次我接起,不耐烦地接起:

“可以不要在这时间打电话来吗!”

“你睡啦?”

我没睡,我和蟑螂还在台球室打台球消磨时间,我本来想找的人是萧凯轩,可是萧凯轩说他今天要约会,所以我也不好意思再打电话约小雨,于是我才明白原来被朋友冷落是这种感觉;不,我没睡,我只是开始害怕在这时间接到电话,我害怕这会又是张靖出事了的通知电话。

Fuck!

“不,我还没睡,我没那么早睡。”我一向没那么早睡,你忘了?没忘的话为什么要问这种蠢问题?“只是现在只要是这时间打来的电话就会让我下意识地想起你车祸那天,也是这时间,也是关于你的电话,心理阴影,这么说你懂我意思吗?”

“对不起。”

在我口气很差地说了这一大堆之后，张靖只说了这三个字，对不起，她是该对不起，可是她声音听起来很不好的样子，接着我听见自己心软的声音：

"怎么啦？"

"我睡不着。"

张靖说她睡不着，从医院回去之后就一直睡不着，不是不想睡而是睡不着，很累却失眠，这让她很痛苦，痛苦，她的脚也让她很痛苦，很痛而且很丑，对不起，最后她又重复了一次这三个字，只是我不知道这个对不起是对她还是对我。

"你可以过来陪我吗？"

没办法，我把车卖了，这时间没火车可以搭了，没办法，这都是因为你，而你不该去飙车的，你甚至一开始就不应该和那个死同性恋做朋友！

深呼吸，我试着只让我自己听到这些话，然后平静地回答她：

"没办法，我现在和朋友在一起，走不开，或许明天吧。"

"朋友？小雨吗？"

"小雨？"

"没有，当我没问。"

"小雨怎么了吗？"

"没有，她应该怎么了吗？"

"没有。"

没有，从什么时候开始，我们的对话变成只是没有没有没有！

“你……喜欢她吗？小雨。”

在长长的沉默之后，我听见张靖这么问，问得莫名其妙。

“不喜欢干吗跟她做朋友。”

“也对。”

“干吗这么问？”

“没有，我只是觉得你们感情很好。”

原来如此。原来张靖也会吃醋，原来她没有我以为的那么冷漠。

“我们感情是很好，但不是那回事。”

“可是异性之间感情那么好，感觉怪怪的，我是说……以女朋友的立场来看。”

我沉默，我沉默是因为被挑起的愤怒：那你呢？

“你好像常常去她家哦？”

“对，我常去她家玩狗，英国斗牛犬，叫作小老头，贪吃好色爱撒娇，是一只无时无刻都很滑稽的狗，是一只让所有人都很开心的狗，这又怎样？”该适可而止了，我知道，我知道可是我办不到，“因为我们住得近，因为她没有坚持要去台中念书！因为她不会只有在需要我的时候才想到要找我！因为她不会在我想见她的时候却总是和她的朋友在一起！”

张靖沉默，我知道这是她生气的表现，这点她和小姑姑很像，她们不会发脾气，一向不发脾气，她们通常只沉默，用沉默来表达她们的不高兴，除了踩到她们的死穴之外；而显然的，我并不是张靖的死穴，我心想，然后更生气，挑衅极了地，我反问：

“你不也和那个耿耿很好吗？所以你现在也知道我的感受了吧？”

张靖没有回答，张靖挂了电话，一语不发地就挂掉；这才是她的死穴，原来如此。

“吵架啦？”

闷闷地把手机收回牛仔裤后口袋之后，蟑螂问。

“不然呢？”

“她好点没？”

我摇头。

“还没康复的话，尽量别跟她吵架比较好吧？”

“你太久没被揍了是不是！”

我吼了过去，顺便还随手抄了球杆摔过去；蟑螂被我突如其来的暴怒举动吓坏了的样子，我知道这可能让他想起初中时被揍的不好回忆，可是没有办法，我控制不了我自己，我越来越暴躁了我自己知道，只是我不知道该怎么办。

“不要因为现在我跟你称兄道弟的就自以为是地对我说教！你以为你是谁！”

“我，我不是那个意思。”

“不要再让我看到你！”

我说，然后拿起蟑螂的摩托车钥匙，就这么自己走掉；没有人会这么对待朋友，当发动蟑螂的摩托车时我这么想道，可是结果我还是自顾着就走掉。

Fuck！

整个暑假蟑螂都没来找我，也没要回摩托车，我不确定他是不敢来找我还是不想来找我，随他便！而张靖也是，直到开学了她都没有再打电话来，而我也是，我不知道这算是冷战还是分手？我没想过要确认，我觉得很烦。

很烦。

萧凯轩也让我很烦。

开学有个军训，是我们这学期的重头戏，在日月潭青年活动中心的两天一夜军训，有点像是毕业旅行的前奏曲，可是它本质上并不是，军训的晚上每个班级都要有个才艺表演的比赛，而依旧蝉联娱乐组长的萧凯轩理所当然地负责策划这表演，他想了个《内山姑娘要出嫁》的搞笑表演，很有他一贯的搞笑风格，搞笑到班上同学光听他讲就笑翻了教室，只有我觉得很没劲，我很没劲可是萧凯轩却指名要我反串当女主角，他是故意的吗？

“越 man 的人反串起来越好笑，我们一定拿冠军的啦！”

萧凯轩鼓噪着，而全班鼓掌通过。

我懒得理他们，也懒得理他，他们越是兴高采烈地彩排，我就越是唱反调地自己逃课走人，去他们的反串，去他妈的表演，去他妈的萧凯轩！

“你到底想怎样！”在军训的前一天，忍无可忍的萧凯轩在下课铃声一响就站起来对着我喊了这一句，“明天就要军训了你还不彩排，到底想怎样！”

“不怎么样啊。”

“有什么不爽你就直接讲啊！”

“我不想演啊。”

“不想演你不会早点讲哦！”

“不想看的人出去。”我垮着脸说，对着萧凯轩之外的全班同学说，“要留下来的人把门窗关起来。”

他们跑去把门窗关起来。

“是怎样？要打架？”

“你以为你是谁？”

“我是你他妈的娱乐组长！”

“娱乐组长又怎样？娱乐组长就可以乱泡妞？”

萧凯轩怒视着我，直到这一刻，杀气才真正进到了他眼底；他知道我指的是什么，不是军训，也不是娱乐组长，是暑假之后我们三个人渐行渐远的这件事情，也是开学之后他没命似的追女生，追到一个换一个的这些风流烂账，我不明白他为什么突然变成这样。

“小雨跟你说了什么是不是?”

小雨没跟我说什么,她哪需要跟我说什么？大家都看在眼里了,不是吗?

“原来你还记得你连续送了整学期早餐的小雨哦?”

“你懂个屁!”

像是困兽之斗那般,萧凯轩嘶吼着,举手,他打破了我身后的窗,抬头,我看见他血肉模糊的拳头紧握在我眼前,闭眼,我想起十岁那年第一次打架的滋味。

挑戴眼镜的打。我呢喃,然后起身,我走向萧凯轩,我们都没戴眼镜,可是我们狠揍成一团,拳脚毫不客气地落在对方的身体,痛击我们的友情。

这是我们第二次打架,第一次我打断了他的肋骨,而这次,我打断他的鼻梁,他痛得停下了动作,同学见状顺势拉开我们,当我们被同学双双拉开的那一秒钟,我们彼此都明白,我们真正想说的,其实我们都没有说。

都没说。

那天晚上蟑螂传了短信给我,问我怎么了？他很怀念以前的那个我,还有那个我们;我是很想回短信反问他以前的哪个我哪个我们的,可是我没有,我不喜欢传短信,我不传短信,我知道我是该回个电话给他的,可是我真的不知道该怎么说?

说些什么？所以我只是删了蟑螂的短信，然后出门，把摩托车骑到他家还给他，如此而已。

隔天的军训我没去，没去也没请假；听说萧凯轩还是很尽责地顶着包扎过的脸反串演媒婆这角色，而至于他原本要演的男主角，则换成蟑螂来顶替；他们没得到冠军，冠军是小雨她们班，她们班表演的是舞蹈，小雨也有参加表演，在最后面拿着道具当布景的那种，她玩得很开心，小雨说。

她从来就不想当主角。

在军训的那天晚上，小雨打电话给我，告诉我这些，还问我怎么没去呢？她没问萧凯轩的脸是怎么回事，她可能还不知道我们在班上打架的这件事情吧。

萧凯轩居然没告诉她。他们怎么了？他们分手了吗？不晓得，谁晓得。

“她应该继续跳舞的。”

结果，我答非所问地这么回答。

她应该继续跳舞的，张靖；她跳舞的样子好美，而且自信多了；她不应该受伤的，她的腿好美，又直又长、模特儿似的腿，她最满意她的腿了，张靖以前常常这么说，可是张靖以后不会这么说了，她的腿坏了。

她应该继续跳舞的，我答非所问，而小雨的反应是不知所措，我不知道该怎么解释，我索性直接挂了电话，把脸埋进枕头里，哭泣。

之二

萧雨萱

“他跟张靖这次可能真的不行了。”

在日月潭的军训，表演结束后的晚上，萧凯轩把我找到外头，望着天上的下弦月，沉默了好半天之后，他才终于挤出这句话来：他跟张靖这次可能真的不行了。沉默得太久，久得让我有种他把我找出来为的就是专程把这句话说出来的错觉。

这是那次的尴尬之后，萧凯轩第一次主动找我，而我本来是很不想答应的，因为他现在的女朋友是我们班的班长，开学后他交的第七个女朋友；可是萧凯轩脸上的表情让我有种不容拒绝的坚决，是的，坚决。

“他跟你说的哦？”

“怎么可能！那家伙可是深藏不露的。”

萧凯轩痞痞地笑着说，当他说这句话的时候，脸上终于是我所熟悉的痞，也因为他的这个笑容，我们之间的空气仿佛跟着也轻松开来了。

仿佛回到从前。

从前。

“压抑太久了，所以那家伙把气全出在我身上。”指着包扎的鼻子，萧凯轩做了个怪表情，知道脸上有伤，但却不介意的怪表情。

“不是吧？他揍你？”

“是打架啦！我哪可能只被他揍！看扁我了你！”啧了一声，萧凯轩顺手还拍了一下我的额头，然后连我自己也搞不明白的是，我居然就笑了；我以前是多么讨厌他这个动作。

回到从前，真的感觉回到了从前，没有爱情，只有感情，干净。

“可能真的就只能这样了吧！”

“嗯？”

“我们啊！可能你是真的很不想爱我吧！算了啦！你没福气。”

然后我就笑了，笑得眼睛都湿了。

“喂！没礼貌耶！笑成这样是怎样！一点都不顾虑我的感受嘛你！”又拍了一下我的额头，“你知道我是灌了几瓶酒，偷咬了几个晚上的棉被才终于有勇气把这句话说出来的吗？还笑！啧！”

“好啦，对不起啦。”

“嗯，倒是打个电话给那家伙吧，他现在搞不好也在咬棉被偷哭。”

“那干吗还打给他？”

“乘虚而入呀，笨蛋！那个‘可是已经有女朋友的人’就是曹正彦吧？”

“这么好猜哦？”

“早就猜到了，只是一直不想知道而已。”

“……”

“还有就是……”清了清喉咙，萧凯轩白白的脸上泛起了淡淡的红潮，“你可不可以……让我抱一下？”

“什么？”

“拥抱。”拥抱，他说；没有痞，没有笑，只有认真，“给我一个拥抱，然后我对你就真正死心了。”

“呵。”

转身，拥抱，纯粹而单纯的拥抱。

“还好你没有答应跟我交往，因为我现在这个女朋友比较好抱。”

“过分！”

极得意地笑了笑，萧凯轩松开手，起身，松了口气似的，他说：

“或许他爱的人是你的话，这样对我们都好吧。”

“我们？”

“我们，你我他，永恒的我们三个。”

“可是他又不爱我。”

“没问你怎么知道？”

“要爱早爱了。”

要爱早爱了。

“总之，打个电话给他吧!”并且:“虽然你打死就是不肯爱我，但我会一直罩你的，如果他敢让你哭的话，我就把他揍哭。”

“为什么?”

为什么对我这么好?

“谁叫我们第一次见面的时候，你就在讲台上哭出来，超搞笑的！我这辈子可能再也遇不到第二次那个画面了吧。”

“过分!”

“呵。”

搞笑，搞笑萧凯轩，真的很……呵。

打电话，在萧凯轩的坚持之下，我打了电话给曹正彦，我说了很多军训的事，好笑的事，无聊的事，可是怎么也说不出口爱情的事，我毕竟还是没有萧凯轩的勇敢吧！我想。

“她应该继续跳舞的。”

在我因为紧张过度于是变得冗长的叨絮里，曹正彦突然说了这句话，没头没脑地说了这句话，才想问他怎么了的时候，电话却突然被挂掉，再回拨，电话的那头却传来用户已关机的语音;可能是没电了吧！我告诉在一旁听着的萧凯轩。

他还是爱她的。我没说。

她，我知道他指的是哪个她，他不用说也清楚的她。

要爱早爱了，不是吗？是呀……

要爱早爱了。

军训的第二天，日月潭突然下起了雨，天空先是由晴转阴，然后起风，接着很干脆的倾盆大雨从天空就这么倒下来，当大雨落下时我们正好集合要上游览车整装回家，也于是这雨惹来所有人躲避不及的骂声连连，只除了我以外，我不觉得这雨讨厌，我反而感觉雨中的日月潭很美，朦胧胧的，多有诗意。

上车。

望着窗外渐渐远去的雨中日月潭，我的感觉是很不舍的，是因为军训的好玩，也是因为曹正彦的缺席，他应该来的，我心想，他一定会也喜欢被雨淋湿的日月潭，一定。

“把雨水擦干吧！不然会感冒哦。”

转头，我的视线由雨中的日月潭转到右后座的班长，班长用食指戳了戳我的背，把手帕递来给我擦雨，接过手帕，我说了声谢谢，然后忍不住地笑，怀念地笑；国中时的萧凯轩也总是这样戳我的背啊！我告诉她，不过是用圆珠笔，SKB的蓝色圆珠笔，我记得；以前觉得超讨厌的，不过现在回想起来，那反而是我初中生活里难忘的回忆之一。

“真好！你比我多认识萧凯轩三年。”

班长说，笑着说。

看得出来她真的很爱他，真的是很好的一个女孩子啊！不知道萧凯轩有没有为了她而找凯柔姐姐再算一次塔罗牌呢？

还好他爱的是她，我心想，心头暖暖地这么想着。

“是一年，”我说，“我是初三那年才转来这里的。”

——我也是个转学生，比你早一个学期，初二下。

——原来我们一样嘛！我也是后来才搬到这里的。

我想起两年前的那天，我第一次遇见萧凯轩也是第一次遇见曹正彦的那天，我们原本都不是属于这里的学生，我们后来都来到了这里，原因不同，结果一样。

宿命。

那是多么平淡无奇的一天呐！我心想，可是在那一天里，我们却分别遇见了彼此，前后认识了彼此，然后……嗯。

"要不要听音乐？看来应该还有一个小时才会到学校。"回过神来，班长摘下一边的耳机问我，"孙燕姿的《风筝》，我们都超喜欢这首歌的。"

"和萧凯轩吗？"

不再是《任性》了吗？

"是啊！虽然感觉上是属于悲伤的那种歌，不过听久之后，反而会更想要好好珍惜手中的幸福哦、这首《风筝》。"

——为什么你爸妈要给你取一个这么悲伤的名字？

——悲伤？

——雨呀，湿答答的，心多悲伤。

不是悲伤，是更想要好好地珍惜。对着回忆里的曹正彦，我无声地这么回答他。

"好啊。"

好啊。

看你穿越云端飞得很高　站在山上的我大声叫

也许你呀不会听到　把梦找到　要过得更好

我不要爱情的低潮　我会微笑　眼泪不准掉

我很好　后来的你好不好

你会知道我没有走掉　回忆飞进风里了

雨从日月潭一直下到我们回到学校时都还没有想要停的意思，都没有带雨具的我们有的决定就这么淋着雨跑回家，有的则是选择打电话等家人来接送，萧凯轩和班长是前者，两个人共同披着一件外套，两小无猜极地在雨中嬉笑着奔跑，多美好的一幕呐！

多羡慕。

我选择打电话回家，接电话的人是妈妈，而十分钟之后，出现在我眼前的人却是曹正彦，撑着伞从雨中远远朝着我走来的曹正彦。

我怔住。

“怎么是你？”

“我刚好在你家啊！因为很无聊所以跑去找小老头玩，它每次都把我的小腿当作是它女朋友，很伤脑筋啊！”

“呵。”

“走吧。”

把伞递到我的手里，曹正彦说，走吧。

走在雨中，抬起头来，我问他：

"为什么不去军训啊？"

"不想扫大家的兴。"

"萧凯轩哦？"

"呵！他还是什么事都告诉你嘛！你没有生他的气吗？"

"我为什么要生他的气？"

耸耸肩，曹正彦没有回答这个问题。

"他没有在生你的气了啦！不要想太多哦。"

"哦。"

哦。曹正彦只说了这个字，哦。不过他的表情说得更多，他的表情说出他松了口气的庆幸。

"昨天的电话就是他叫我打给你的，他可能自己想打可是又拉不下脸吧。"

"嗯。"

"你最近怎么啦？好像蟑螂也很担心你耶。"

小心翼翼地，我问他。

"不晓得啊！就觉得……很自我厌恶呐！因为自我厌恶，所以接着变得被大家都讨厌，这也是很正常的事情吧。"

"自我厌恶？"

苦笑着，他以一种倾诉的姿态，说："自我厌恶到想发神经打电话问每个朋友，为什么你们愿意跟我做朋友啊！"

"你想太多了啦！大家都还是很喜欢你啊！只是，只是在等你慢慢复原吧。”

“复原?”

“复原成以前的那个曹正彦呐。”

以前那个,我们以你为中心的曹正彦。

“今天起床的时候,我突然觉得很悲哀,替自己感到很悲哀。大家都去军训了,只剩下我一个人被留在这里,无处可去,不,就算是大家都在,我也是无处可去的吧!因为朋友都被我气跑啦!”

“……”

“刷牙的时候我看到窗外开始下起雨,很大的雨,然后……”

然后他放下牙刷把脸洗干净,接着走回房间里拿起手机传了个短信给张靖,他本来是想打电话的,可是在左思右想之后,他决定改传短信,可能是因为一大早张靖还在睡,也可能是因为电话就算被接通了,他也不晓得该说什么吧!他苦笑着说。毕竟他们已经很久没联络了。

自我厌恶。他又重复了一次这四个字。

传完短信之后的他突然涌起这样的感触,具体地感觉到对于自我的厌恶,他害怕张靖回电话,也害怕张靖不回电话,自我厌恶,第三次重复;这自我厌恶具体到几乎令他想要呕吐,而果真他也吐了,当他对着马桶把胆汁都吐出来了之后,手机还是沉默依旧,接着他放下沉默的手机,接着拿起伞,出门,漫无目的地随意乱走,走着走着他发现自己不知道什么时候竟走到了我家来,呆站在我家门前正犹豫着该不该按门铃时,正好妈妈走出门正准备去市场买菜。

“怎么没去军训呢?”

妈妈也这样问他,当他撑着伞陪妈妈到市场去买菜的路上,妈妈的话里没有责备,只有可惜,真的替他觉得可惜。

“听小雨说军训很好玩啊,没去好可惜。”

好像把他当成亲生儿子那般的关心,不是强制性的关心,却是恰到好处的关心。

“真的是很好的妈妈啊! 当她的小孩,一定很幸福吧! 什么事都不用做就会感觉到幸福。”

他说,笑着说;接着他继续说。

很奇怪,那是他第一次上市场,又吵又挤的传统市场,手里提着妈妈因为有他帮忙提、于是很放心地大量采买的水果蔬菜还有肉品,重得要死而且还要拿伞,可是连他自己也感到不可思议的是,这长时间来的自我厌恶感居然就这么慢慢慢慢地消失无踪。

“简直比看心理医生还有用。”

他试着开玩笑地说。

回家之后,妈妈忙着张罗午餐,而他则是和妹妹在客厅里陪小老头玩,不,更正确的说法是,他和小老头玩,而妹妹则是忙着帮他们拍照;接着我打电话回家请妈妈来接我,当妈妈放下电话之后，他主动提议替妈妈来接我，因为外面雨很大。

"小彦好绅士啊。"

他转述当时妈妈的话，转述这话时他的表情是害羞也是得意；孩子似的他，转述这话时的他。

"然后我看到你刚才，远远地我看不清楚你的表情，可是当我走近之后，我第一个看见你的表情是怔住，我不晓得你是没想到来的人会是我，或是你也和他们一样不想看到我。"

"不，我当然是没想到会是你啊！"

然后他就笑了，很安心似的笑了。

"然后我看见接下来你的表情是笑，我……"说到这里的时候，他突然沉默了下来，沉默了好一会之后，他才终于又说："我觉得松了口气，真的松了口气，因为我真的觉得，如果连你也不想看到我的话，我这个人可能就真的是完蛋了吧。"

"我……怎么可能不想看到你。"

我说，小小声地说，而雨声太大，大得盖过了我的这句话；我不确定他有没有听见我的这句话，还有话里的感情，我觉得他应该没听见，因为他直视着前方，失神地呢喃着：

"雨会吸掉一切声音。"雨会吸掉一切声音，他呢喃，"让世界只剩下雨声，很干净，很纯粹，就像你，我的雨。"

[第七章] 失。控

感觉不到你

才知道丢了自己

——孙燕姿《我不爱》

之一

曹正彦

那次的雨下了很久，久到让人忍不住要怀疑是不是会就这么一直下到世界末日为止？当然毫无疑问，雨终于停了的那天世界末日并没有到来，而张靖的消息也是；张靖一直没有回短信给我，也不曾再打过电话来，她反而是亲自跑来找我，当长长的雨终于停了的这天；当我看到张靖就出现在我眼前的那一瞬间，我以为我是在做梦，真的以为我是在做梦。

这是张靖第一次主动找我，还亲自跑来。

久违的张靖整个人开朗了很多，磨损的脚看来还是明显地不方便，不过好像这已经影响不了她那样，一见面张靖二话不说就给了我一个紧紧的拥抱，而这是最让我惊讶的地方，并不是我以为我们分手了于是这个举动并不恰当，却是因为从前的张靖从不喜欢在公开场合有亲密的举动，连牵手也是，因为她不想惹来别人的指指点点，她甚至刻意避免到我家来，因为她很怕小姑姑，张靖觉得小姑姑很严肃；可是再见面的张靖，久违的张靖，却主动来找我，到我家来找我，还主动给了我一个拥抱，就在我家门口。

她变了。

这改变我也说不上来是喜欢还是不习惯，说不上来也没空去想，我只觉得松了口气，松了口大气；原来我们只是冷战久了点却不是真的分了手。

原来我还是爱她的，还是想要被她爱着的。

原来。

在长长的拥抱之后，张靖微笑着提议要不回学校走走呢？好啊我回答，不太确定地回答——她不是很讨厌那个地方吗——在心底我这么狐疑着。

几乎是忍耐着过完初中三年的张靖，讨厌那个学校讨厌到毕业典礼一结束就逃跑似的离开的张靖，居然主动提议回学校走走？

她真的变了。

回学校大约要走二十分钟的脚程，沿途我始终担心着张靖的脚会吃不消这路程，我甚至做好了随时要背着她走的心理准备，不过显然我是多虑了，因为张靖看起来精神很好的样子，她甚至几度还超越了我独自走在前头。

回学校。

因为学生们还要寒假辅导的关系，所以我们先是并肩坐在草地上晒着这冬天里难得的温暖阳光；你不是很讨厌晒太阳，因为怕会晒黑吗？我是很想这么问的，可是我没有，是因为害怕会破坏这美好的气氛，也是因为张靖一直滔滔不绝地讲着回忆着：脸很臭的小卖部阿姨，找错钱也不敢问她要回来;超级讨厌的篮球场,因为长得高所以硬是被挑进篮球校队;噩梦似的升旗台,初一时曾被个学长叫到那里去告白;有着不好回忆的自行车停车场,常常在那里被学姐找麻烦;不喜欢女厕,因为别人都结伴而她却总落单……张靖一直讲呀讲、滔滔不绝地讲呀讲着,仿佛是想把初中那三年想说却从来没出口的话给一口气补回来似的。

“好怀念啊。”

张靖突兀地结束正在讲着的话题,这么说。

“嗯?”

指着空气中飘扬的铃声,张靖说:

“下课铃响。”

“下课铃响?”

“嗯,以前我很讨厌听到这铃响,因为会头痛,不管是上课还是下课,都讨厌,只除了一次例外。”

我微笑。

“那一次的下课铃响,铃声还没响完,你就走到我们班来,然后……”

然后我告白,没有花哨的言语,没有装酷的表情,我告白,对我人生中第一个爱上的女孩告白。

“走吧！学生应该已经下课了。”

“去哪?”

“我的教室。你第一次走向我的地方,我想再去坐那个位子一次。”

张靖的教室，我第一次走向她的地方，在她的座位上，张靖吻上我，长且深的吻，久违且怀念的张靖的吻。

“你是我初中三年里，唯一快乐的回忆。”在吻里，张靖这么说，告白似的说：“这阵子我一直很想要回来这里，把这句话告诉你。”

离开学校之后，张靖要我陪她回家。

“哪个家？”

我下意识地问，或者应该说是，确认。

“就我家啊，出生成长的那房子，小雨家隔壁的那一栋。”

她变了。

“这个寒假我想在那里过。”

“和你家人？”

“不，就我自己，他们都不回家啦。”

她怎么了？

“你可以陪我吗？”

“好啊。”

好啊。

梦一般的寒假，那年的那个寒假，完整拥有张靖的我们的寒假。

正如张靖所说的，她整个寒假都在这里度过，整个寒假都在这里度过的张靖，整个人有种明显想要改变自己的企图心，明显想要改变自己，同时也明显希望别人发现。

“大概是一个学期左右吧！我们都没有联络也没见面，一开始很寂寞啊！寂寞到简直自暴自弃，后来没办法，好像这已经是事实了吧！我这样想，然后就只好逼自己接受了。”张靖说，在我们重逢的第一个夜晚，张靖躺在我的怀里，微笑着这么说道，“可是那天看到你的短信，我……就认输了，不想要失去你，很想要再爱你，就这么跟自己坦承了。”

“那为什么不回我电话呢？害我等得很伤心啊。”

“因为一直下雨啊。”

张靖笑着回答，我听得出来她话里的雨。

才想再说些什么的时候，张靖起身，抓起她今天从没离开视线的包包，就这么赤裸着走进浴室。

她今天去了好几趟厕所，我发现。

“有空找萧凯轩他们出来一起吃个饭吧。”重新躺回我身边时，张靖提议，“我很想重新认识小彦的朋友。”

“好啊。”

好啊，我说，然后终于忍不住问：“关于我的生日礼物？”

“嗯？”

“你出院的那天，我希望你送我的生日礼物，你记得吗？”

她记得，可是她没有回答我，她反而是吻住我，然后再度抱住我，讨好似的，迷惑我。

她还是继续和那个耿耿见面，这是那天晚上，我最后的一个念头。

隔天起床之后，在张靖的催促下，我打了电话给萧凯轩和蟑螂，本来我以为我们会尴尬，因为我没忘记前一阵子的我有多混账，可是结果他们的反应是开心，很开心我打电话给他们，很开心这个见面的邀约，很开心我们还是朋友。

还是朋友。

整个寒假我们几乎每天都见面，开心地见面吃饭，或者唱歌打球，或者开车出游，我们，我们三对情侣，没有小雨。

“怎么都不找小雨啊？排挤她哦？”

萧凯轩问，在寒假结束的那一天，只剩下我们两个人独处的空当时，他终于问。

“张靖说我们都成双成对，只有小雨一个人落单，她会觉得格格不入吧。”

“排挤她，没错。”

“要不下次我找她也来好了。”

我快快地回答，然而萧凯轩却迟疑了：

“算了啦，或许这样也好，可能张靖的顾虑是对的吧！女人毕竟心思比较细腻啦。”

“什么意思？”

"没事。"没事,萧凯轩说,然后快快地转了个话题:"倒是,张靖怎么变了那么多?简直变了个人似的,啧啧啧。"

"她只是发现她不喜欢以前的那个自己。"

"什么?"

我只是发现我不喜欢以前的那个自己,然后要自己改变,这样而已。张靖说。当有次我忍不住也这么问她时,她是这么回答的,而当下她的表情是不希望我再往下问去的神经质,她以前惯常出现的表情。

"再说,这改变不是很好吗?她甚至能主动和你聊开来,而且聊得很开心。"

"也是啦。"搔搔头,萧凯轩很困扰似的,又说:"不过你还是问一下蟑螂他女朋友吧。"

"干吗?"

"问问上学期是不是发生了什么事啊!要不没道理一个人会改变这么大,简直是连基因都整个换掉了的脱胎换骨啊!"

"可是张靖已经转班啦!美容系,她说以后想当化妆师。"

反正也不能跳舞了。在心底,我补上这么一句。

"还是问问吧!你记得以前我们班有人在吸毒吗?"

吸毒,我心想,然后沉了脸:

"如果有的话,他女朋友应该会说吧?她不是很爱说的吗?"

我把问题丢回给萧凯轩,而话里,是明显的不高兴;她好不容易从蜚短流长里走出来了,还这么努力改变自己,你们为什么就不能够放过她呢？为什么！

我以为萧凯轩会这样就闭嘴，或者试着改变话题什么的，可是没想到他也垮了脸地冲回来：

“蟑螂已经换女朋友了，你没发现吗？”

不，我没发现。

“你能不能不要眼里永远只有张靖？能不能偶尔也关心一下身边的朋友？”

“……”

“还有小雨。”

“小雨怎么了？”

“我们没有交往过，我暗恋她，然后告白失败，所以你不要再先入为主地认为我辜负她。”

“干吗突然讲这个？”

“只是想到然后顺便讲清楚而已，你没发现虽然我们常玩在一起，几乎每天说话，说很多的话，可是真心话……却很少。”

“……”

我没有请蟑螂去问他的前女友给点什么八卦动摇我和张靖失而复得的爱情，我没问，可是蟑螂却主动跑来说，主动跑来说些我这辈子都不会想要听到的什么。

早就休学了，跑到夜店去工作，寒假会回来可能是工作也丢了吧……

转系才一个月就念不下去了，被勒令退学的……

退学的原因是吸毒，在女厕，和那个耿耿，当场被老师逮到……

吃到脑子不清了吧！老师都留意她们那么久了，还敢跑到厕所吃……

变得满口谎言，跟那个耿耿一样……

“那时候我就怀疑了。”在冗长的转述之后，蟑螂叹了口气，然后说：“因为初中的时候我们班也有人这样，所以我会知道，我还被命令过帮他们跑腿买试管，你记得吗？我应该跟你说过。”

“……”

“虽然他们吸的东西不同，可是结果都一样，他们的眼神都一样。”

“……”

“尤其他们会一直跑厕所，去补充吧！从厕所回来之后整个人变得很亢奋，很友善，充满爱，而且不怕说真心话，但那都是假象，一旦毒瘾发作时，他们就会变得很不堪，那才是真相。”

“……”

“可是张靖在的时候我不敢讲，不是怕她听到，而是很怕会不会你也变成那样子的人。”

“……”

“直到萧凯轩要我去问我前女友的时候，我才松了口气，原来你真的只是不知道而已,还好,真的。"

"……"

"还好你没有,因为我真的不想失去你这个朋友。"

"你揍过人吗?"

在长长的沉默之后,这是我开口的第一句话,第一个决定;而蟑螂摇头,接着他向我要了一根香烟,我发现他擦着打火机的手在发抖。

"要找萧凯轩吗?"

狠狠地吸了一口烟,让烟里的尼古丁安定他焦虑的神经也顺便危害他的肺之后,抬起头,蟑螂问我。

"不用,他不对女人动手。"而我也是,"而我本来也是。"

"打扮成男人的女人算是男人还是女人?"

"巧克力牛奶是巧克力还是牛奶?"

"也对。"

也对。

"走吧。"

走吧。

我们先去向蟑螂他堂哥借了辆车,接着我们开车去到张靖的住处楼下等候,在这个我曾经等候过张靖无数次的巷口前,抬头我凝望着正前方总是忽明忽暗的半坏路灯,我突然涌起一股很真实的感触:这会是我最后一次在这里,等候。

“早就该修理了啊。”

“什么?”

“路灯。”

指着那盏忽明忽暗的路灯,我说,而蟑螂耸耸肩膀,他不明白我突然说这个干什么,不过没关系,我自己也不是很明白我突然说这个干什么。

我甚至想不起来上次在这里望着半坏的路灯等待张靖是什么时候的事情?当时是什么心情?什么——

“那个耿耿。”

打断了我的思绪、蟑螂说;顺着他的视线望去,那个耿耿正走出张靖的住处,而嘴里还哼着歌,如果不是因为她愉快地哼着歌的话,我会不会改变这个决定?很无聊的是,我当下想的竟是这个。

我要的生日礼物她没给。透过车窗,望着哼着歌的那个耿耿,我又想;虽然是早已经猜到的事实,但原来当事实就在眼前时,我还是会感觉到真实的难过。

难过。

——不要让我失去你,好吗?你是我的快乐里的一部分,最重要的部分,可是我真的也需要朋友,自己的朋友。

——我,一直很孤单,我不想失去耿耿但我更不想失去的是你,如果没有了你,我可能,我不知道,我——

“她说谎。”

“什么?”

“她还是比我重要,她那个时候对我说的是谎话。”

“哦。”

“不能哭,不能说谎,不可以害怕。我们的家规后来变成是这样。”

“什么啊?”

“没什么。”摇摇头,把这个奇怪的念头摇掉,我说:“去请她上车吧!我们有很多的话要听她说。”

上车,那个耿耿,辩解不成只好坦白的,那个耿耿。

“她失眠,很痛苦,严重失眠,几乎崩溃。”

她说,那个耿耿。

一开始是因为失眠,身体的痛、心里的痛,痛得她失眠,失眠到几乎要崩溃;她是想过再上医院去拿止痛药,可是医生后来不肯给,你用量太大,再下去会变成药瘾。医生说,然后拒绝;没办法,张靖只好打了电话给耿耿,给耿耿,不是我。

“我只是看不下去想帮她而已。”

她解释。

想帮张靖的她于是拿了一包 FM2 给张靖,FM2,或者应该说是约会强暴药丸,FM2,在她口中变成只是安眠药,帮助需要的人好好睡个觉的药。

张靖相信了她。

那是张靖第一次能够不费力气地睡着，第一次，以及往后的每天夜晚，她觉得她得到了帮助，她于是明白原来耿耿才是她真正的朋友，在她需要帮助时从不掉头走人的真心朋友。

“你有碰她吗？在那些 FM2 的夜里。”

别开脸，她回答：

“她没有感觉，而且也不会记得。”

短暂的沉默之后，蟑螂对我使了个眼色，转头，我看着窗外的街景，接着把视线移到后视镜里的那个耿耿，后视镜里的那个耿耿看起来是恐惧，但还没恐惧到我想要的程度。

“我们再绕一会儿。”

我说。

后来解决掉失眠问题之后，张靖开始把注意力放在她大小不一的双脚上。

“‘以前我一直希望我的腿能再细一点，没想到现在真的细了点，只是……’张靖说：‘而且我胖了好多，因为一直躺在床上又好久没有跳舞，本身就是易胖体质，体重再也不是节食就能够控制了。’张靖难过，很难过。”

她一向就爱漂亮，我明白。

“是不是因为这样，所以小彦才不要我了？”她转述，然后解释：“她还哭了。”

看着哭泣的张靖，她于是试探性地递给她一颗小药丸，减肥药，她解释。很便宜，一颗才两百块，不用几颗就能瘦成模特儿，她怂恿。

Ecstasy，它正确的名字；狂喜，它的英文翻译；会让你吃不下饭可是精神又很好的快乐得不得了的 E，仙丹似的小药丸，多好。

是很好。张靖同意，然后使用，从每天一颗开始慢慢慢慢失控，失控得没有它就没有快乐，失控得为了很多很多的两百块而不得不开始打工；夜店，因为薪水很多，而且只要每天把自己打扮漂亮去端个酒就好，多好；是会被吃豆腐，是有很多的骚扰和麻烦，是常常得面对讨厌的低级客人却依旧得隐忍着面对没错，但那又怎样？反正她们很快乐，被退学了又怎样？只要有 E 就有快乐，多好，有钱就买得到快乐，多好！

多好。我发现她一直强调这两个字，像强调，也像自我辩解，我没有反驳她，我反而让她一直一直地说，说到她慌了说到她怕了，说到她搞不懂我到底想怎样，于是焦虑的从口袋里掏出 E 喂自己，或者应该说是，补充快乐。

我于是紧急刹车，让她手中的 E 掉落在车上，而车里很黑，她找不到 E，找不到 E 的她歇斯底里：

"那一包两千块！他妈的！你知道两千块要张靖端几杯酒才赚得到吗！"

去夜店工作的是张靖，只有张靖去夜店工作好赚钱买她们的 E,原来。

“少在那边假清高了！他妈的！你怪我带坏张靖是不是？你怎么不问问自己当张靖那么痛苦的时候你人在哪里！”

“下车。”

下车。

在一个空旷的野外我停下车,停下车但没熄火,因为我想要看清楚她痛苦的表情;她不肯下车,当然,只要还有点智商的人都不会肯下车,她害怕,她的害怕到达了临界点,而这正是我要的。

她是该害怕。

走到后座,我把她硬拖下车,转头,我交代蟑螂:

“后车厢有球棒,不要脏了自己的手。”

那是那晚我最后说的一句话。

那天的最后我们把被揍得半死的那个耿耿载到警察局前面丢掉,顺便找回掉落在车上的那袋 E 塞回她手心里,她这辈子做了太多的坏事,我想警察应该会知道该怎么处理她,或者应该说是:让她清醒,面对现实。

隔天我接到张靖的电话,她狂乱地指责我的昨夜,而我一句话也没有说,因为我听得出来她指责的重点是我害她失去耿耿这个药头,而这才是她唯一关心的。

我的感觉是很难过,我难过得说不出话来;我曾经把她当作天使,可如今,我的天使坠入地狱,还不想走。

——变得很亢奋,很友善,充满爱,而且不怕说真心话,但那都是假象,一旦毒瘾发作时,他们就会变得很不堪,那才是真相。

我想起蟑螂曾经说过的这些话。

跟爱情好像。我也想说。

“我已经不认识你了,你自己保重。”

我说,然后挂了电话,挂上电话的那一刻,我突然想起凯柔曾经对我说过的:你们狮子座的爱情是这样:爱得快,陷得深,而抽离,却最狠。

我不晓得她说的对不对。

挂上电话之后我本来以为自己会哭的,可是结果我没有,我反而是含着一根香烟在嘴里,然后翻着手机里的电话簿拨出那通我从来没拨出过的电话,电话响了很久,电话响了太久,久得足够证明对方的缺席;当铃声被切换成是要求留言或者挂断的机器女声时,对着手机,我说了十岁那年她最后告诉我的那句话:

“不要再打电话来了。”

我说,然后挂断,低头,我把含在嘴里的烟点燃。

当她死了吧!我心想,反正本来就没有妈妈了,反正十岁那年,爸爸就这么告诉我了。

之二

萧雨萱

那次的雨下了很久，虽然每天湿答答的很讨厌，不过我其实很庆幸这雨，而且还有那么点地期待这雨的意味，因为在每个下雨的日子里，曹正彦总是会每天来我家，毫不见外的，自然得好像他本来就属于这里似的。

是雨把曹正彦带来的，有时候我会固执地这么认为，尤其当雨停了之后他就不再来的那天开始，更是加深了我的这个固执；然而不用说的是，那当然只是我一厢情愿的以为，我当然知道是张靖回来了，回到这里来，回到他的身边来；我看见过好几次他们进出隔壁的房子，有几次我还在家门前向曹正彦挥挥手打招呼，可是他没有看见我，他眼里只有张靖的存在，从以前就是。

“好好哦。”

我试着对照片里的曹正彦这么说，说他最喜欢听的这三个字，可是他没有回答我，他只是在照片里淡淡地笑着；照片里没有张靖，张靖从没和我们一起出去过，可是张靖开始和他们一起出去，他们，他们三对情侣，没有我。

没有我。

后来过完年我干脆就和妹妹还有小老头继续留在外婆

家把剩下的寒假过完，寒假里我打过几次电话给华琳，可是华琳几乎都没有接我的电话，只有一次例外；那次接起的人是个中年男声，中年男声一听到我就慌张地道歉，在道歉里还自言自语着因为手机一样铃声一样，所以他总是接错。

我不知道他和华琳是什么关系，我希望他和华琳不是我想象的那种关系。

那是我最寂寞的一个寒假，在那个寂寞的寒假里，有种同时被所有朋友遗忘的伤心。

寂寞的寒假，以及接下来的寂寞的新学期。

在那个学期里，萧凯轩还是常常跑来我们班找他女朋友，顺便和我讲几句话，有时候也会约出去吃饭，每次都是和我们班长一起，因为萧凯轩现在也是有女朋友的人了。

同样的三个人，不同的三个人。

我常常会呆呆地望着坐在对面的他们、看起来打从心底幸福的两个人，然后在心底这么问自己：如果当初的我，接受了萧凯轩的话，那么现在的我，会不会也就幸福了？

别傻了，我在心底这么回答自己，别傻了。

要爱早爱了。

在那年的五月，孙燕姿发行了《Leave》这张专辑，然后谁也想不透的是，就当我买到这张专辑走出唱片行的那一秒间，我接到曹正彦打来的电话，好久没从我手机里响起的、曹正彦的号码。

“现在可以出去见个面吗？”他问，还有，“还有，今天不找萧凯轩可以吗？”

“好啊。”

好啊。

曹正彦开车来接我，陌生的车，车上有股隐隐约约的血腥味，我不太明白为什么会有这味道，我只看见曹正彦好像很累的样子，很累，而且很紧张。

“你去买唱片啊？”

“是啊，孙燕姿的最新专辑。”

“对了，刚好蟑螂要我把这个还你。”他把《风筝》那张专辑交给我；几乎一年前的新专辑，而今的旧专辑；“应该是你的吧？上次卖车时忘在车子的音响里。”

“不，是萧凯轩的。”

我说，然后还是把这张唱片收进包包里，当作是个纪念；而他那时候是爱着我的。我百感交集。

“想去哪里吗？”

爱河。

“都好啊。”

结果我们哪里也没有去，就这么漫无目的地开着车兜风，在车上我把《Leave》专辑立刻放来听，学萧凯轩从第一首歌听到最后一首，然后把CD定在最喜欢的一首歌重播到底。

我重播的是《我不爱》这首歌。

爱已经让我认识自己　在眼泪流下的味道里

感觉不到你　才知道丢了自己

我不爱　不能爱你给的未来

我不爱　不能爱你离开我的现在

这首歌是我买这专辑的最大动机，在那些寂寞的日子里，我拼了命地想好多歌来听，想找出一首歌，一首能精准唱出我心底感受的歌，一首我不知道该怎么说、但它却唱出来了的歌，在那些寂寞的日子里，长长的寂寞里，我拼了命地找却怎么也找不出来这样的一首歌；直到那天我从收音机里听到了这首新歌，当时我正复习期末考第二天的科目，我不知道这首歌什么名字，我只知道它都唱出来了；接着期末考结束，我存了几天的零用钱后走进唱片行买了这张专辑，听着那些日子里，我不知道该怎么说却想要这么告诉自己的歌，就在曹正彦的身边，我们一起听着这样的一首歌，可是他没听，我知道他没听，因为他只顾着说，说张靖，说他们，说分手，说伤心。

"我会变成这样子都只是我的错吗？"

他转述在最后的电话里，张靖不停不停重复着的这句话，接着他辩解，自我辩解，混乱的辩解，用大量的话语，或者应该说是，独白。

“说给我听干什么呢？该听的人是张靖呀！你想诉说的对象明明是张靖呀不是吗？”

我想说，可是我没说，我只是在心底哼着那句：感觉不到你，才知道丢了自己。

“其实那时候我就发现了，感觉很像小时候我妈妈的那个样子。”

回过神来，他还在说着，自顾地说着。

“没道理不发现的，没道理，可是我没问，甚至不想问，因为我发现，我反而比较喜欢那样的张靖，我……是不是很自私？”

是。

我没回答他，我反而是问他，在空气里，在孙燕姿的歌声里，我听见我终于这么问了他：

“可不可以有一次，哪怕只是一次也好，不要只是寂寞才找我，而，是为了想见我。”

我问，而他，怔住。

怔住的曹正彦倏地踩住刹车，而后面的车子反应不及的大按喇叭，可是曹正彦没理会，没理会也没听见，他只是伏在方向盘上，哭泣。

而孙燕姿依旧在空气里唱着：爱已经让我认识自己　在眼泪流下的味道里……

那次的哭泣像是个终点似的，在终点之后，我陪着曹正彦去把车洗干净了然后还了回去，然后……

"谢谢你。"

然后曹正彦这么说，接着松了口气似的笑，疲惫的笑。

可不可以有一次，哪怕只是一次也好，不要只是寂寞才找我，而，是为了想见我。

不知道是不是因为这句接近爱却没说破爱的话呢？从那天之后，曹正彦开始每天来找我，有时候是散步来到我家和小老头玩上整个下午，有时是骑着车来接我出门和萧凯轩他们到处晃晃，绝大部分的时候是我们两对，有些时候是连同蟑螂他们三对，我不知道我们这样算不算是交往？我一直很想要开口向他确认，可是我始终没有勇气确认；而萧凯轩他们也是，不敢向曹正彦确认，也绝口不再提起张靖，连玩笑都不敢开的那种绝口不提以及确认。

而这天也是，这天，我们生日的这天。

"要不要再去日月潭庆祝？像去年一样，搞不好会有蓝色月亮。"

萧凯轩提议，而曹正彦摇头：

“又没车,怎么去?”

“你爸的车呢?”

蟑螂问。

“我姐开去了,她现在在台中实习,没车不方便。”萧凯轩说,接着把问题丢回给曹正彦:“你干吗不再买辆车? 还蛮怀念你开车的样子,帅得就像在拍广告似的。”

“等我自己赚钱之后再买吧! 老是拿我爷爷的钱,感觉很没用。”

“好好哦。”

然后他们先是一愣,接着爆笑开来,于是我才知道,原来我下意识又把心中的呢喃说了出来。

“小雨呢? 想去哪过生日? 毕竟也是你的生日啊。”

爱河。

“都好啊。”

都好。

最后我们还是去了猴探井,三辆摩托车,六个人,相同的猴探井,两年前,两年后。

“知道吗? 猴探井其实是私人墓地。”

在猴探井的夜景里,萧凯轩突然说,说完还往山下的万家灯火扔了颗石头。

“意思是我们现在脚底下踩着的是坟墓?”

蟑螂问,而我实在宁愿他没这么问。

“坟墓倒不是在我们脚下,不过这里是有钱人家的私人土地没错,风水好得咧!听风水师说是为了增加阳气所以才开放成观光区的。”

“但其实是私人墓园?”

蟑螂又追着这个问题问了一遍,有时候我还是觉得他很讨人厌。

“对啊!你是这里长大的,怎么不知道?”

“没听说啊,而且我爸妈没事对我说这个干吗?他又不当里长。”

“妙!”突然地,萧凯轩鬼吼了这么一声,在黑夜里,他的眯眯眼倒是很八卦地亮了起来,对着我和曹正彦亮了起来:“你们都不是本地人,而且又刚好同年同月同日生,这代表什么?”

代表你再往下说去我们会很尴尬,我心想;而曹正彦大概也猜到萧凯轩往下要说的是什么了吧,于是他不着痕迹地转了话题:

“你们相信有鬼吗?”

“啊?”

“在这里聊这个不好吧?”

“我相信有鬼。”仿佛是存心故意似的,曹正彦干脆自问自答着:“我最近会接到我妈的电话,可是都没有说话。”

“……”

“可能是鬼打来的吧！所以才不说话。”

“好了啦！喝啤酒啦！”

“呵。”接过蟑螂递给他的啤酒，曹正彦一口气喝干，手中捏扁了空的啤酒罐，摇摇晃晃的他起身，对着月亮的方向，他吼着：

“我十七岁了——你听到了没有——”

“他醉了。”

萧凯轩啧了一声，表情看来好像是经常忍受他这样的熟稔。

“你儿子十七岁了！十七岁了！”

“好了啦！等一下把地主吵醒怎么办？”

“喂！不要乱讲话啦。”

“十七岁了——”

十七岁是那天在猴探井的夜里曹正彦最后一直吼着的话，十七岁；那天他喝得很醉，醉得失去清醒，最后是由萧凯轩把醉透的他载下山，回家，丢回我家。

“就从十七岁之后开始交往吧。”

吃力地把曹正彦丢在沙发上之后，萧凯轩点了根烟，意有所指的说。

“不要在我家抽烟啦！”

而我，顾左右而言他。

“好吧。”闷闷地把烟捻熄，然后蹲下捏了捏小老头的嘴皮子之后，就这么含着烟边离开边说着：“十七岁是个好年纪啊。”

“十七岁是个好年纪啊。”

对着醉倒在沙发上的曹正彦，我学着萧凯轩这么说，不过不知道为什么，同样的一句话到了我的嘴里就变得很没有说服力。

“十七岁是个好年纪啊。”我又说了一次，还有，“还有，我爱你。”

我爱你，我说，终于说，可是曹正彦没有听见，他醉透了。

隔天我醒来下楼时，曹正彦已经恢复了清醒，不但带小老头去散了步，甚至还陪妈妈去了趟菜市场；他穿的还是昨天的那套衣服，可是身上的酒臭味却已经不见了。

我总是觉得他很神，真的很神。

“早啊。”

他微笑着向我打招呼，这是变成十七岁之后，曹正彦对我说的第一句话，在这样的一个早晨里，我们变成十七岁的第一个早晨里；望着站在阳光里微笑着向我打招呼的他、变成十七岁的他，我打从心底这么想着，真的这么想着：如果能够这样一直下去，就算没有真正的恋爱关系也可以，是吧？是啊！

十七岁。

在我们十七岁那年的三月，孙燕姿发行了她的新专辑《未完成》,同时预告她将暂别歌坛的这个震撼弹;像个坏预兆似的,往后的我是这么认为的,而当时的我,却只觉得幸福,真的觉得幸福;春暖花开的三月,孙燕姿发行了她的新专辑,而期待了好久的毕业旅行也展开,三天两夜的毕业旅行,地点是垦丁,住的是欧克山庄,四个人一间的小木屋,而曹正彦也去了。

在那次的毕业旅行里,我终于亲眼看到了想象中的爱河,虽然只是坐在游览车里透过车窗匆匆一瞥,但……嗯。

明年生日一定要来爱河过!和曹正彦一起!闭上眼睛,我这么许愿着;张开眼睛,我要自己答应自己,如果明年的生日曹正彦问我想去哪里,我一定要坚定地说出爱河,嗯。

曹正彦。

毕业旅行的第一晚,曹正彦来到我们房间敲门问我要不要去夜游?只有我们两个人吗?这是我心底冒出的第一个疑问,因为我发现他身后也没有萧凯轩他们,我不知道他是没找他们或者已经约好了在外头等待?我不知道,也没想要问,我担心万一问了之后结果是前者的话,那么曹正彦会误会我希望他们也一起去,于是我没问,只是微笑地点头,微笑地点头,没多说也没多问,我发现每当面对曹正彦的邀约时,我总是只点头,然后跟在他的身后走。

跟在他的身后走,在那几年对我而言,是再真实不过的幸福。

曹正彦的来访引来我们同室的同学们一阵骚动,有的趁这机会和他合照,有的希望能有他的手机号码,而他一概没有拒绝,反而是亲切地配合,就像是个平易近人的明星似的,而确实在我们学校里曹正彦真的是个明星似的学生没错。

“你是不是和我们小雨在交往啊?”

在离去的时候,有个同学忍不住这么问,而他没有回答,只是微笑着挥手和她们道别;我觉得那个微笑代表肯定,我真觉得。

“去哪儿?”

我不解地望着曹正彦手上的车钥匙。

“旭海,你知道吗?”

我摇头。

“恒春的最南端,可以看到太平洋。”

“太平洋?”

“嗯,夜里的太平洋,很美;被遗忘的海岸线,有人这样形容那里。”晃了晃手中的车钥匙,他又说:“离这里有点远,你要去吗?”

“好啊。”

好啊。

旭海,被遗忘的海岸线,有夜里的太平洋,很美,他说。

“没想到原来只是个小渔村啊。”当我们终于来到旭海时,这是他开口的第一句话，“这是我爷爷出生的地方，大概是我们这个年纪吧，他跑过几年的船，然后……”

然后他欲言又止。

“那时候我很小，听过就忘了，可是不知道为什么，当我读着村上春树的《寻羊冒险记》时，旭海这地方突然又浮现在我的脑海，有机会的话一定要亲自去看看这个叫作旭海的地方长得什么模样啊！”

“你读村上春树？”

“很久以前，还有最近。”

很久以前还有最近，他快速地说，快得像是希望我没问那样。

“那为什么没去呢？初中的毕业旅行也是来垦丁不是吗？”

他苦笑，没回答，于是我想我知道答案，张靖，那个后来他再也没提起过的名字，张靖，再也没提起过，却依旧在他心底的名字，张靖；这个他有机会的话一定要亲自去看看的地方，他想带着张靖一起来，可是张靖没去初中的毕业旅行，于是他打消了这个念头，我猜。

“我也没去初中的毕业旅行。”

“嗯？”

“那时候刚转学过来，和班上的同学都不熟，所以就干脆不去了。”

"到了。"

"嗯?"

"旭海。"

旭海,被遗忘的海岸线,海岸线边是太平洋,而夜里的太平洋很美;本来我以为我会因为害怕而忽略这美,因为这里黑漆漆的几乎没有人烟,可是原来我不会,因为曹正彦就在我的身边,每当他在我的身边时,我总有种就算发生什么事也不用怕的安全感。

安全感。

"好好哦。"

"嗯?"

"夜里的太平洋,被遗忘的海岸线,好好哦。"

笑了笑,他说:"记不记得我们从日月潭回来的那次,本来以为可以看到蓝色月亮,结果却没有的那次?"

"记得啊,去年我们的生日嘛。"

"在回来的车上,也是只有我们两个,你记得吗?"

我记得。

"我那时候不是厚着脸皮要你再为我说声'好好哦'这三个字吗?"

"不会厚脸皮——"

"但那时候其实我想说的是,你可不可以给我一个拥抱?"

在旭海，在夜里，在身边，他说，他想要一个拥抱，在那时候，其实。“因为那时候的我，真的觉得很孤单。”

“那，现在的你呢?”

“嗯?”

“迟来的拥抱，可以吗?”

“可以啊。”

可以啊，他说，在旭海，在夜里，在身边，他张开双臂，他倾身，抱住我，然后，低头，吻我。

［第八章］

不。再

如果　你我之间　只剩下一分钟的最后
那么　我想要的　真只是一个拥抱而已
或许　如果可以　再下场雨　你爱的雨
为你　也为我

在雨中　这最后　我明白　打从心底明白
爱情　不是走了
却是　曾经来过

之一

曹正彦

我爱小雨吗?

在旭海的那个吻之后,这个问题每天每天地困扰我,困住我,而答案……

答案却是迟了几年之后才昭然若揭。

才。

我们一直等到旭海的日出之后才离开,无论如何也想要看到旭海日出的这个坚持让我们差点赶不上毕业旅行第二天的集合,不过还好最后总算是赶上了,赶上了集合以及第二天的行程,也赶上一整天里每个人的流言蜚语、异样眼神。

我没想到这会引起轩然大波、关于我和小雨在旭海的夜游,我本来只是想要去看看旭海,这样而已,接着气氛太好,我们决定待在旭海等待它的日出,于是整夜没回饭店,真的只是这样而已,只是单纯地很想看看旭海的日出而已,本来。

本来。

第二天的晚上,萧凯轩打开浴室的门,对着莲蓬头底下的我喊着待会儿要去夜游,在大坪顶,他说,还有大家一起,萧凯轩说;当夜游这两个字从萧凯轩嘴里说出时,不知道为什么,他脸上的表情让我觉得很不舒服，那表情里有个什么让我很不舒服；不过我终究还是把身体擦干，然后和他一起走出饭店。

没道理拒绝，我心想，虽然萧凯轩的那个表情让我有种风雨欲来的预感，但我到底还是决定假装忽视这预感。

如果那晚我没去的话呢？会不会一切就不一样了？

夜游。

当我们来到大坪顶时，他们已经点着火把围成一圈地坐好，远远地我看见黑暗中的他们正抬着头仰望着天空，本来我以为他们是在聊着蓝色月亮，然而走近一听才知道并不是。

“抬头看见的第一颗星星就是北极星。”

小雨说，我听见小雨说着昨天夜里在旭海海边我告诉她的这句话，而语气是甜的，当她说着这句话时。

“嘿！男主角来了。”

当我们走近时，萧凯轩这么对着大家喊着。

什么男主角？我纳闷。但我来不及纳闷完，他们就一阵低语地嬉闹，接着刻意地空出小雨身边的位子让我坐下；很奇怪的感觉，每当我们一群人出去的时候，坐在小雨身边的人总是我，负责接送她的人也是我，确实总是我没错，没有理由，自然得几乎不需要理由，可是这一次，不知道为什么这一次我却觉得很别扭。

太刻意了,我发现,他们太刻意了,刻意的矫情。

矫情。

"来得正好！我们刚好在玩真心话大冒险。"

蟑螂说,怀抱着什么目的似的说。

刻意。

"不要这样啦。"

小雨说,小声地说,声音小得几乎听不见。

"来啦！转酒瓶啦！轮到你了,快!"

"转个屁酒瓶啊!"萧凯轩提高了音量否决了蟑螂的提议,"直接叫他讲比较干脆啦。"

"讲什么?"

"你们昨天去了什么海一整夜哦?"

"旭海。"

被遗忘的海岸线,可以看见太平洋最美的模样,我爷爷出生的故乡,小小的渔村,还有个温泉。在心底我补充了这一大堆,可是我想他们应该没兴趣听,我想。

他们没兴趣听,他们只忙着矫情:

"有那个吗?"

"在海滩哦?"

"了不起呐!"

"现在是怎样?"

垮了脸，我问。

“好了啦！就跟你们说不要讲这个。”

“什么不要讲这个！”萧凯轩也垮了脸，瞪了一眼试图圆场的小雨，“你昨天把小雨带出去一整夜，害她一整天都被同学八卦，然后你现在倒是轻轻松松的五个字：不要讲这个？”

“我们又没怎样，只是去看海而已。”

气氛僵了下来，而至于萧凯轩、完全不关他事情的萧凯轩，则是吼了过来：

“曹正彦！”

“萧凯轩……”

我看见小雨拉了拉萧凯轩的衣角，不知道为什么，这个画面突然让我觉得很火大，于是我火大挑衅：

“我们不也常两个人喝整夜的酒打整夜的球，所以我们也应该有怎样吗？”

“我又不是张靖，或者那个耿耿。”

够了！

“我要走了！”

“萧凯轩！”

萧凯轩不理会小雨，萧凯轩也火大了地起身，喊住我：

“今天就讲清楚，你爱小雨吗？”

停下脚步，我听见自己这么回答：

“我没想过这个问题。”

我没想过这个问题,也没想过小雨的感受,我……

“是因为张靖吗?”

蟑螂问,声音压得低低地问,而所有人沉默,太长太久的沉默。

“可不可以……”在冗长的沉默之后,小雨开口:“不要每次都提起张靖？可以吗?”

小雨说,话里有失望,失望得每个人都听见,于是我们才知道,原来小雨是有情绪的。

“她已经离开了好吗！她甚至没提过我们几次,为什么每次每次我们都还是要提起她！她就这么特别吗!”

“小雨——”

甩开萧凯轩的手,小雨转头凝望我:

“如果没想过要喜欢我,那你为什么吻我!”

丢下这句话之后,小雨离开,在大坪顶的夜里,她受伤的背影刺痛了我的眼睛,还有心。

“我不知道……”我说,低声地说,可是我不知道该向谁说。

小雨已经走了。

“我真的不知道,我当时只是……”

只是真的想吻她,单纯地想吻她,这样而已,我没想过我爱不爱她,我知道我习惯了她的存在她的陪伴她的好好哦,我知道很多时候很多事情我第一个会想要找的人是她,我——

我爱小雨吗？

“明明爱着却又不肯承认，这是最卑鄙的事情！”

最后，萧凯轩说，在大坪顶的夜里，被我弄坏的气氛里，他这么说。

明明爱着却又不肯承认，这是最卑鄙的事情。

我爱小雨吗？

仿佛是个分界点似的，那个毕业旅行。

在那晚的不欢而散之后，萧凯轩开始明显地疏远我，就算是在班上不小心的眼神交会，他也总是立刻别过头去漠视，明显到只差没把“曹正彦不要和我讲话”这态度做成牌子挂在身上；我知道他什么意思，他生我的气，气我伤小雨，很气很气，他还是站在小雨那边的，他还是当年那个蹲在雨中的操场边抽着烟问我怎么追女生的萧凯轩。

他还是当年那个暗恋着小雨的萧凯轩。

我爱小雨吗？

每天我总想着要找个机会同小雨说清楚，或许是打个电话，或许就像以前那样，连电话也不打直接就上她家去，可是不知道为什么，我总也只是想想而已，可能是真见到了小雨我也不知道该说什么、该怎么说吧！

再说，小雨躲我也躲得够明显了。

我爱小雨吗?

只剩下蟑螂了！我们那群朋友里面,唯一还愿意继续和我当朋友的,只剩下蟑螂了。

“你现在下课都去哪儿?”

放学后,当我才收拾好书包,准备上补习班时,蟑螂跟了过来这么问道。

“补习。”

“高考补习?”

“嗯,想拼看看能不能应届考上。”

“哪个系?”

“航空。”

“哦,那我也一起吧。”

“你也想当空少?”

“我长这样不行的啦！厨师吧！我觉得厨师服还不错,而且学个专长也好,反正也不知道我能干吗。”

“呵。”

“萧凯轩还在生气哦?”

终于,蟑螂还是忍不住问了他真正关心的。

“大概吧。”

“你呢?”

“我什么?”

“你也还在生气吗?”

“我有资格生气吗?”

“哦。”耸耸肩膀,蟑螂决定报告这阵子以来我已经不可能再知道却还在意着的他们:“他好像毕业后就要直接去当兵了。”

“哦。”

“然后退伍后就去大陆帮他爸负责工厂。”

“大陆?”

“嗯,这里的产业没落了,能走的都走了,不过去不行了,你们家不是办工厂的所以可能不会知道这个。”

那小雨她家呢?我想问,很想问,可是我开不了口,没有勇气问;像是看破了我的为难那般,不等我问,蟑螂就直接说道:

“小雨她爸好像也过去了,还是正准备过去?不是前者就是后者,但反正两者也差不多了。”

蟑螂……

“你为什么还愿意跟我做朋友呢?”

“可能是因为那年救了我的人是你吧。”

“呵。”

那么,那年救了我的人呢?当我陷入自我厌恶的困境里,把我救出来的人呢?

小雨。

我爱小雨吗?

毕业典礼那天小雨并没有来参加,听说她临时请了假,有事上台北去,什么事? 不知道。

当我去她们班找她时,萧凯轩的女朋友这么对我说。

“是不知道还是不想让我知道呢?”

我想问,但结果我还是没有问;自讨没趣,我心想。

是心电感应吗? 还是太了解我了呢? 猜到毕业典礼结束之后我会鼓起勇气去找她,所以干脆请假彻底地避不见面吗? 在心底,我这么自嘲着、苦笑着、无力着。

当典礼结束之后,才犹豫着要不要干脆直接到小雨家道别时,结果却在校门口遇见了萧凯轩,不,更正确的说法是:在校门口,萧凯轩喊住我。

“哟!”

“嘿!”

“要不要去打球?”

我以为我听错了。

“就像我们初中毕业典礼那天那样,打台球,不过这次我会让你。”

“你怎么?”

耸耸肩,眼前的这个萧凯轩依旧是我记忆中的萧凯轩,痞模痞样的,我最好的朋友。

“听蟑螂说你们明天就要到高雄了啊?”

“嗯呀，应该是拼不上的吧！干脆直接到高雄最好的补习班去蹲半年，没办法，这三年太混了啊。”

“你真的要念我姐的那个学校？”

“嗯。”

“你真的要回家？”

嗯。

“我爸回来了，上星期。”

“我倒是收到兵单了，下星期剃光头，真他妈的有效率呀！”

“很性格嘛，光头。”

“到时候换你的话，看你笑不笑得出来！”啧了一声，“有烟吗？”

“有啊。”

有啊。

“本来想直接走掉的。”突然地，萧凯轩说，“可是刚看到你的背影，不知道为什么，突然改变决定。”

“嗯？”

“决定和你再当最后一天的朋友。”

最后一天的朋友，萧凯轩说；很奇怪，这么重的一句话，他为什么能够说得那么轻松？

“以后，大家应该也不会再像以前那样见面了吧。”

“总是有机会的吧？”

我说，试着想要有把握地说，可是结果却不太成功。

“我们一起经历了那么多啊，我们。”

“嗯？”

“我们，我们三个人，你、我和小雨，还有偶尔的蟑螂。”

“……”

“你，为什么不爱小雨？”

“我不知道。”我不爱小雨吗？我不知道，真的不知道，我只知道——

“虽然她在的时候总也没说上几句话，可是很奇怪，当她一不在的时候，我还是会感觉到四周一下子空掉了，连空气都被抽干了似的空掉。”

“我还是觉得你其实是爱小雨的，你知道吗？”

“是爱吗？还是习惯有她在？”

“是因为还爱着张靖吧？”

“不——”

打断我，萧凯轩说：

“很怪，我们明明才认识五年，可是感觉却好像已经一辈子了！”

萧凯轩决定他不想听到这问题的答案，我心想；或许是因为他和我一样，同时想到当时小雨的那句：不要每次都提起张靖？可以吗？她已经离开了好吗！她甚至没提过我们几次，为什么每次每次我们都还是要提起她！她就这么特别吗！

是呀……是吧。

我不爱小雨吗？

“我们一起经历了那么多啊！”回过神来，萧凯轩又重复了一次这句话，然后耸耸肩，然后摇头笑：“说出来不怕你笑我啊。”

“什么？”

“我真的觉得小雨是个天使。”

“嗯？”

“不晓得，一直就这样感觉，一直就想这么说，但却一直不知道该向谁说。”

我没笑他。

天使……

是啊，是吧！

“对了，你那时候每次经过我身边都故意把我裤子拉链拉下来然后塞个塑料袋，这到底什么意思啊？”

“没什么意思啊！好玩嘛。”

“白痴！那强奸地球呢？”

“你还记得这白痴东西？”

“废话！被你唬得一愣一愣的咧！强奸地球，讲得跟真的一样，结果只是趴在柏油路上而已。”

“这样就是强奸地球啦。”

“白痴！”

“还有裸泳也是啊！”

“真是够了！明明不会游泳还硬要跳下水！那时候小雨差点被你吓死。”

“呵。”

“你太吃激将法了啊！”

“没办法啊，青春嘛。”

“青春啊。”重复着这三个字，萧凯轩呢喃：“拼了命地想证明什么的青春啊！”

“是啊，结果却只证明我们真的青春过，呵。”

“这不是很悲哀吗？”

这不是很悲哀吗？

之二

萧雨萱

我没有去毕业典礼，虽然我本来是很想去的，因为听蟑螂说隔天他就要和曹正彦南下了，而显然从今而后我们几乎不会再有见面的机会了，我们，不只是我们三个，还有我们大家；怀抱着想和他见最后一面、好好说声再见的心情，无论如何也想的，可是在毕业典礼的前一晚，我接到华琳她妈妈打来的电话，晴天霹雳的电话。

华琳自杀了，在她们学校的毕业典礼那天，她一如往常地早起，却反常地把房门反锁，先是吞下大量的安眠药，接着上吊自杀在房间里面，安安静静的没有任何声音，也没有留下遗书，更没有任何的预兆，就这么寂寞而安静地把自己结束。

做给谁看呢？在阿姨几乎崩溃的电话里，我心想，愤怒地这么想着，是的，愤怒。

愤怒。

"……因为小琳的手机里最后的来电是你，所以你会不会知道为什么小琳要这样？

"小雨，你知不知道小琳怎么了？为什么她要想不开……"

我不知道华琳怎么了，我只知道那已经是一年多以前的电话。

一年多,这一年多以来都没有任何人打电话给她吗？怎么会呢？从什么时候开始她不再是我记忆里的那个华琳了呢？她怎么了？到底他妈的怎么了！她怎么可以这样！

她凭什么！

无

。

解

华琳没让自己活到十八岁,而至于三年前我们的约定,我则是终于遵守了,遵守了,却也太迟了。

华琳走了,不在乎了。

回台北。

十八岁那年,我和妹妹带着小老头搬到淡水的外婆家寄住,因为妈妈得陪着爸爸到大陆去开工厂;因为产业没落了,不外移不行了。爸爸说。家乡老了,它给了我们这么多,可是我们却无能为力照顾它了,撑不下去了,凋零了。爸爸感慨。好像负心汉呐!

我们这些子孙……感慨。

“这一走,还回得来吗?”

在送爸爸和妈妈上飞机的那个下午,妈妈哽咽地这么问,哽咽,但没哭,妈妈的鼻头都红了,可是她还是强忍住没哭,妈妈认为哭着上飞机很不吉利，妈妈于是强忍住不哭；我当时觉得妈妈很迷信，我后来才明白妈妈原来是坚强。

十八岁那年我第一次度过只有我自己的生日，在淡水河畔的领事馆，从前我和华琳总待着消磨时间的这家店，很久很久的从前，不会再有的从前；依旧是坐在可以眺望淡海的靠窗老位子，只是这一次，我的对面没有谁了；在一个人的领事馆，十八岁的这一天，我给自己点了杯从来就不喝的热咖啡，为的是恭喜自己成年了，十八了。

不知道此时此刻的曹正彦在哪里？正在做着什么事呢？

把第一口热咖啡送入嘴里的时候，望着海，我恍恍惚惚地如此思考着，思念着；放下咖啡杯，我的手机同时响起，打来的人不是我思念的人，却是萧凯轩。

“嘿！生日快乐！”

这是他开口的第一句话，他没忘记今天我生日，而和我同天生日的他，则好像是忘了。

“你还记得啊？”

“哪次忘记过了？”

也对。

“呵！咖啡很难喝！苦苦的。”

“啊？”

“咖啡，我正在喝咖啡。”笑了笑，我说：“没办法，太习惯你坐在我对面了，就忘记其实你现在是看不到我正在喝咖啡的。”

“你白痴哦！很冷耶！”

“呵，你最近好吗？”

“很好啊！快下成功岭了，很倒霉地抽到金马奖，烈屿你听过吗？在小金门，而且还不是金门本岛哦！真爽！我姐坐飞机带团去欧洲，我则是坐军机去捡炮灰；怕不怕？当然怕啊！不过怕的是被女朋友兵变，开玩笑的啦！哈哈哈！你呢？有考上实践吗？恭喜呐！不过是排名倒数？哎哟那又怎样啦！及格就好，满分无聊啦！以后我们的结婚礼服就交给你做啦！对啦！她怀孕了！一退伍我就是爸爸了！哈哈哈～～”

在淡水的夕阳下，透过电话我们热热闹闹瞎聊着，聊我的新学校，聊他的大头兵生活，什么都聊，就是绝口不提曹正彦。

那年我们十八岁。

十八岁的那一年，我经常没来由地感觉到疲累，眼皮很重，手脚无力；本来我以为是适应新生活的忙碌和压力所导致，也可能是华琳的死痛击了我的心情，只要用时间来调适就可以，可是后来情况不但没有改善，反而越来越吃力，吃力得影响我的学业我的生活；我开始从下午就逃课回家昏睡，懒洋洋的什么事也不想做、没有力气做，连端起饭碗吃饭都嫌费力；一开始外婆以为我是卡到阴，于是她带着我到各个庙宇收惊驱邪，可是我们走遍了所有的庙宇却都不见起色，又气又急的外婆开始放弃似的认为我其实只是发懒病；可是我自己知道并不是，我知道并不是但我也不知道究竟是怎么了。

怎么了？

接着是大一下半学期，我的复视越来越严重，严重得几乎连报告也没办法做，没办法，我只好先办了休学，为了这次的休学，妈妈还特地放下新工厂的忙碌，抽空回来照顾我。

“可能是身体太虚了，营养不够所以头晕目眩。”

妈妈认为，然后每天每天的炖鸡汤，一大早跑到市场去买现宰的鸡然后花整个下午的时间熬炖，这样子的花费力气和时间，可是每天每天的我都没有力气吃。

怎么了？

直到那一天，凯柔姐姐来台北看我的这一天。

“你怎么变成单眼皮了？”

才一见面，凯柔姐姐就惊呼。

“不晓得啊，最近常这样，不过休息一下就会恢复了啦。”

“总觉得怪怪的啊……你的脸、很僵，完全没有任何表情耶！”倾身，凯柔姐姐像是正在研究什么似的盯住我：“跟我有个同事满像的，她是颜面神经失调。”

“那会好吗？”

“会啊！看医生吃个药，大概半年就痊愈了。”

“哦。”

“要记得去看医生哦。”

“好啊。”

好啊，我说，接着话题就被转到凯柔姐姐下个月的婚期；要嫁去上海，对方是长驻上海的英国人，在飞机上认识的，当时凯柔姐姐正带着旅行团去欧洲，而对方休假回英国，然后……

“没想到居然我会比我弟早结婚耶！真是太不可思议了！人生啊人生。”

“好好哦。”

当初那个深信不疑自己拥有吉普赛灵魂的凯柔姐姐，不想要安定只迷恋流浪的凯柔姐姐……呵。

“婚礼在哪举行啊？”

“我才不要什么鬼婚礼咧！做作得要命！”双手交叉在胸前地啧了一声，翻了翻白眼之后，凯柔姐姐继续说：“不办鬼婚礼也不拍恶心婚纱照，就是去登记结婚，然后拎着皮箱搬去我老公家，酷吧？”

“呵！萧爸会气死吧？”

“哈！没错！萧凯柔我婚前最后的叛逆呐～～哈！为这个，干杯吧！”

干杯。

可是我才一举起咖啡杯却又立刻放下，没力气，我的手还是没有什么力气。

“要记得去看医生喏。”

把杯子里的咖啡一口气喝干之后,凯柔姐姐又再一次地叮咛。

"好啊。"

然而,当我终于去医院检查时,时序已经来到夏天,是因为这个夏天爸妈一起回台湾,也是因为我一直没有力气,更是因为每次只消睡上一觉醒来就会好上许多,于是就这么轻忽地敷衍着置之不理,只是……

"肌无力症。"

检查报告出来的那一天,医生说了这四个字:肌无力症。而我们的反应同是一头雾水。

"那是什么?"

"是病吗?"

"很严重吗?"

"是种罕见疾病,情况不一定。"医生说,"但终生不会痊愈。"

终生不会痊愈,医生说。

十万分之一的机会,这肌无力症。原因不明,只晓得是人体免疫功能的失调。

"会死吗?"

我问。而医生没点头也没摇头。

"不一定。"

医生还是只肯说这三个字。

病的进度可能相当缓慢，这肌无力症。从开始有症状要有几年的时间才会有呼吸问题的出现，但有时候变化相当快，可能因为感冒就恶化到呼吸困难，呼吸肌无力而导致呼吸衰竭是这病致死的原因。

“在两年内或两年以上，渐进演变成重肌无力症。”

最后医生这么说，在爸妈惊慌失措的眼泪里，医生最后这么说。

怎么办？

在接受这个事实之后，我只思考这个问题：我的人生，该怎么办？

不再问为什么是我，只想着还能做什么？在这生命的倒数。

我想为自己做一件事。然后，我这么回答自己，以前从来不敢做，而以后，也可能没机会再做的事。我心想。

爱河。

曹正彦。

蓝色月亮。

二〇〇四年，七月三十一日，我记得，我们的生日，我没忘，从第一次听他说起就一直没有忘记过，这蓝色月亮，看到了就能幸福的蓝色月亮。

以每天会定时吃药为保证，在妈妈的忧心之下，我仍坚持独自搭火车南下高雄，在我生日这天，看爱河，过生日，还有，等待蓝色月亮，或者应该说是，幸福，或许只剩倒数的幸福。

于是我才发现，我以前竟从来没有独自搭过火车，在月台时，我惊讶地发现到这点；不，不只是这么简单的事情，还有更多更多的事，我都没做过，没有勇气去做；妈妈把我们保护得太好了，好得我们习惯安逸，我心想，也感谢。

而今没想到，生病却反而令我想要勇敢。

勇敢。

搭上早晨第一班的自强号，我出发，在十九岁的生日这天；当火车驶出台北车站之后，我便困得睡去，再醒来时，班车已经经过苗栗来到追分。

——追分火车站，不信你去问，十五年前的夏天，有个小帅哥意外诞生在那里。

转头我望着急速略过的追分这两个字时，心底我突然想起那年初认识的那天，曹正彦曾经说过的这往事，在野溪边的烤肉，我记得；想了想，我决定还是拨出电话，他的电话，我从手机里删除、却无法从记忆里抹去的号码，他的号码。

无法。

电话才响没几声立刻就被接起，接得太快太急迫，急迫得不似我记忆里的他，那个总是自信满满的曹正彦。

“嘿！好久不见。”

而，这是他开口的第一句话，好久不见，仿佛这通电话为的只是把这四个字亲口说出那般的，这，曹正彦说好久不见时的语气。

是啊！我们曾经是每天见面的朋友，我们确实已经好久不见。

“呵，好久不见。”好久不见，我也说，“高雄的天气好吗？”

“阴天，怎么这么问？”

“正好呢，我现在往高雄的火车上，正希望能看到雨天的爱河呢。”

“爱河？”

“嗯，爱河，我想去爱河看蓝色月亮。”

“你还记得啊？”

“从没忘记过啊。”

“有约？”

“没，就是单纯地看看它，这样而已。”

“这样吧！我去接你，陪你去，如何？”

“你不用上课吗？”

“说来话长啊。”

“呵，好啊。”

好啊。

高雄。

才一走出火车站，不远处就有辆黑到发亮的方头车猛按喇叭,同时我的手机响起曹正彦的来电。

“嘿！九点钟方向,有台黑头车,里面坐了个坏人,他是你今天的司机。”

九点钟方向,黑头车,打开车门,果真曹正彦就微笑着坐在驾驶座上。

“你买车啦?”

“我爸的,他回来了。”曹正彦说,然后不太适应似的转头直视着我:“你是不是更瘦了?”

“好像是哦。”

而且我把头发留长了。

“而且头发留长了。”

“适合吗?”

“好看呐！只是可能太习惯你短发的样子了吧！这样就不太孙燕姿了。”

是啊……

而我曾经真的以为,只要孙燕姿还唱着,我们就不会有分开的一天,曾经真的这么固执地以为着呢。

曾经。

开车。

“但是为什么要戴棒球帽呢？几乎都看不见你的脸了。”

在等待第一个红灯时,曹正彦问。

因为不想让你看见我僵硬的脸，你喜欢我的笑，我记得，可是我已经不再有力气微笑了，而我不希望你发现啊。

“怕晒黑呐。”

“但今天是阴天呐。”

“不晓得会不会下雨呢……”

顾左右而言他的，我呢喃，而曹正彦没起疑，他倾过身来从置物箱拿出一只精美的蓝色方形纸盒，眼底闪着光亮地，他说：“生日快乐！”

打开这蓝色方形纸盒，跃入我眼底的，是一条，沉重的白金心形项链。

“你记得？”

“也记得你很讨厌黄金项链，可是黄金比银值钱呀，傻小雨。”

“呵。”

心形金项链，妈妈送我的十五岁生日礼物，我本来觉得很土很俗，为什么不送银项链呢？我当时心底还这么埋怨着；但他却说我戴起来很好看很适合，因为他的这句话，我于是贴身戴着，连洗澡也不取下地贴身戴着；心形金项链，在旭海的那晚不知怎么遗失了。

宿命似的遗失了。

心形金项链，他记得。

“去年就买了打算送给你的生日礼物，其实，只是……”只是当时我们不再联络。

“差点就变成送不出去的礼物了呢！还好你打电话给我了。”

“呵。”

“吃了吗？”

我摇头。

“那好，带你去很适合你的咖啡馆午餐，小王子的一些回忆，很可爱的一家店。”

“小王子的一些回忆？”

“嗯，小王子的一些回忆，离我家不远，搬回家的那几天，因为很无聊所以开着车乱绕发现的店，一开始先是被它的名字吸引，然后一走进去，不知道为什么，一走进去那里我就想起你。”

“是去年生日那天吗？”

“呵，还是被你猜到啦？”他难为情地笑着，“那天我一个人坐在那里喝咖啡，坐了一下午，想了很多事，整个下午都很想打电话给你呢！”

“为什么没打？”

“怕你不想接。”

直截了当地，他回答，然后我就笑了。

宿命，我心想。

我们同年同月同日生，我们前后来到了不属于我们的地方，然后相遇，然后相识；我们一起度过了三次生日，然而第一个分离的生日，却依旧做着相同的事、想着同样的回忆；在不同的地方，我们喝着相同的咖啡，望着各自的手机，我们同样都胆怯。

宿命，我感慨。

"还好你打电话给我了。"

他说，又重复了一次。

还好我打电话给你了。

还好。

小王子的一些回忆。

坐在靠窗的位子上，我们回忆起这一年多以来彼此遗落的点滴经历。

原来曹正彦去年就考上大学了，没想到居然能够应届就考上，大概是面试加了不少分数的关系吧！他自嘲；而至于蟑螂则重考了半年才考上，在那半年里蟑螂借住在他家，在那半年里，蟑螂又换了新的女朋友；这方面他真是看不出来的厉害啊！曹正彦说。

"这时间他应该正穿着厨师服在切里脊肉吧！"

"那你呢？不是应该在实习吗？"

我问，而他黯淡了眼神，指着左手无名指间的新伤疤：

"出了一点事，现在休学中。"

"怎么啦?"

"你呢？过暑假?"

他不说,他反问;而我想了想,还是点点头,然后低头喝了一口热咖啡。

我没说谎,我心想,只是也没说实话;好像对于他的感情呐！没说破过,却也没掩饰过。

"你真的没有爱过我吗?"

我想问,终于问,在这最后的机会里,可是话才说到嘴边却被他打断:

"我……也有女朋友了。"

我僵住,不太明显,然后放下咖啡杯,抬起头,我要自己这么说:

"好好哦。"

好好哦。这些年对着他,我说过无数次的这三个字,只是这一次,我说得力不从心,口是心非得力不从心。

"是酒店管理系的学姐。"他没看见我被压低在帽檐下的失望,他继续又说:"她……和你很像,短头发,大眼睛,瘦瘦的,很……嗯。"把杯里的咖啡喝干,换上故作轻松的口吻之后,他才又说:"本来我还没发现,是后来蟑螂告诉我的,真的很像——"

"交往多久啦?"

打断他,我问。

"快一年了。"

"走吧。"我不想听了,我于是突兀地说,"去爱河等蓝色月亮,我这次来的主要目的啊!"

"好吧。"

好吧。

爱河,黄昏中的爱河。

"爱河变漂亮了,整理过,焕然一新了。"

"嗯?"

"以前它很臭很脏,我刚认识它的时候。"

"凯柔姐姐也这么说。"

"凯柔?"

"嗯,她现在嫁到上海去了,年初的时候吧,她来台北找我。"

没办婚礼也不拍婚纱照,凯柔姐姐宣称这是她少女时期最后的叛逆。

"你现在在台北?"

"嗯。"

"大家都离开了啊! 那个我们最初认识的地方。"

"而萧凯轩要当爸爸了哦! 明年他就退伍了。"

"萧凯轩……"他呢喃着,然后叹口气,然后苦笑了:"我是因为他于是认识你,但也因为他……也因为他于是从来不去想我是不是爱着你。"

“……”

“在垦丁的那晚，你记得吗？你问我如果不爱你，为什么要吻你。”

“我——”

“和你们分开之后，我想了很多，想我们的事，想……”转头，凝望着我，在黄昏的爱河旁，他第一次把话说开来，决定把话说开来：“我是爱你的，小雨，那几年，我当然是爱你的，我每天每天都想见你、去见你，我就是很喜欢看着你，就是看着你，只是看着你，都能让我有种很安心的幸福感。

“可是我那时候不知道，真的不知道，也没想过要知道；太混乱了啊，那时候的我，不只是张靖的事情，更混乱的是萧凯轩对你的感情，‘萧凯轩喜欢的女生’这是我认识你的时候你的第一个身份，一开始我是以这样子的心情看待你，可是后来……

“太早了，我们相遇得太早了。”他说，“这是对于我们之间，我最大的感触。”

最后，他这么说。

“还是没下雨呢。”吸了吸鼻子，我要自己试着开朗地说，“其实，我本来很讨厌下雨的。”

其实我本来很讨厌下雨的，可是那一年，我唯一爱过的男孩对我说，他喜欢雨，雨能洗去一切的不开心和悲伤，他说；我是他的雨,他曾经这么说。

“嘿!”

“嗯?”

“我这辈子只爱过你哦。”

我这辈子只爱过你哦。我说,然后张开手臂,不说爱,不提憾,不怪命,不怨怼,只有,最后的心愿。

“可以,给我一个拥抱吗?在这里,爱河边。”

我问,微笑着问。

而我只是在想,如果我们之间,只剩下最后的一分钟,那么我想要的,真的只是一个拥抱而已;最后的句点,这拥抱,最美的句点。

“好啊,当然好啊。”

他说,微笑着说。

而他的眼底有雨,雨在他的眼底是泪,雨在天空落下是上帝成全我的心愿;感谢上帝,在这别离的最后,还是为我下了一场雨,他爱的雨,我们的雨;在雨中,这最后,我明白,真的明白,爱情不是走了,却是曾经来过。

爱情来过,千真万确。

“谢谢你。”

在他的怀抱里,最后的雨里,我听见自己这么说。

“谢谢你,给了我这么美好的画面。”

而画面里,有你,也有我。

[最终章]

七月最后那天　二〇〇四那年

传说蓝色月亮　见了爱就永恒

只是你我之间　总缺爱的起点

之一

曹正彦

“那是我最后一次见到小雨。”

回忆至此，我如此说道，而她看起来好像一点也不意外的样子。

而其实我也并不意外。

那天当我第一眼看到久违的小雨时，我就有了这样的预感：那会是我们最后一次见面。因为小雨脸上的神情，那神情我曾经在萧凯轩的脸上读过，当他从背后喊住我，当他说要和我当最后一天的朋友时。

低头我把杯子里已经冷掉的咖啡喝干，转头我望向窗外，夜又深了。

第七天。

自从她突兀地来了电话约我见面的那天开始，我们有种不用开口确认的默契：每天的下午三点钟，我们会不约而同地来到这 N. Y. Bagel，喝大量的咖啡，消耗过量的香烟，聊起满溢的回忆；我不太确定我们这样算不算是朋友？我其实后来明白很多关系它并不需要名词的解释。

就像我和小雨。

小雨。

第一天以及最后一天的恋人。

在那天的拥抱之后，我半开玩笑地对小雨如此说道，话才一说完我就后悔了，因为想到她可能会觉得轻浮或者不舒服，可是小雨没有，她的反应是浅浅地笑，笑得宽容，是的，宽容。

“真的很希望能够亲眼看到蓝色月亮呐。”

当时的小雨接着这么低语，于是我念头一转，很神经地立刻跑去文具店买了蓝色玻璃纸，就这么依偎着头轻靠着头，望着只出现在我们眼前的蓝色月亮。

“很神经，真的很神经，可是真的，在那一分钟左右的时间，和小雨望着专属于我们的蓝色月亮时，我真的感觉到幸福，安心而又宁静的幸福。”

于是我才明白，原来幸福太抽象，看不见也摸不到，可是在那一分钟里，在那蓝色月亮上，幸福被我们具体化。

“后来我就来到台北了。”

“因为小雨吗？”

“可以这么说，但并不完全是。”

那时候我休学，原因是打架，在一场非正式的球赛里，看不惯对方的挑衅而带头打起群架，往后回想当然是很幼稚不值得，可是在当下我真的很不爽，很不爽，随手抄起球棒走向那个挑衅者，从言语冲突变成了大打群架，对方被揍得进到医院住进加护病房，而我则被送进警察局做笔录录口供；后来父亲拿出两百万和对方和解，而我则是以暂时休学向学校妥协。

“离开学校的那天，同学们还帮我办了场送别会，大家都哭了，我们感情很好，很舍不得。”

“那是你后来改变的原因吗？”

“很遗憾的，并不是。”

那时候我休学在家无所事事，那时候爷爷已经退隐江湖不问是非，那时候父亲不再碰触毒品而是把重心放在工程围标，赚了不少钱，赚了很多钱，而，那时候的我，其实很心动。

对于父亲要我继承家族的提议，很心动。

直到有一天，我和几个兄弟在夜店喝酒，然后被挑衅，很寻常的言语挑衅、酒后闹事，没问题，问题出在对方有人掏出枪抵住了我的额头，可能只是想示威或者醉过了头地想炫耀他有枪吧！我想；后来店家老板出面劝和，说了几句话，请了几杯酒，要了几分人情，就这么大事化小地落幕。

本来是该就这么落幕的，本来。

那天回家之后，我没多想地直接回房间睡觉，可是其中有个弟兄却打了电话给父亲报告这事；隔天晚上父亲要我陪他出门，没说为什么、去哪里，只交代他们记得开三辆车；半个小时左右吧！我们在一户透天厝前停车，接着几个人下车，没多久，前晚掏枪的那张脸出现在车窗外，转头父亲问我是不是这个人，我没多想地点了头，才想问些什么时，父亲就开口了：

“没有人可以拿枪指着我儿子。”然后：“送进太平洋。”

然后我看见他被送上中间那台车，从头到尾他都是一副不晓得发生什么事的慌张表情，接着我们原车回家，而至于那辆车则是到了清晨才回来，我记得，因为我整夜没睡；车上干干净净的，没留下任何证据，干净得好像什么事也没发生过那样。

我从头到尾没下车也没开口说过一句话，可是却有一个人因此而失去性命，起因甚至只是一场无聊的挑衅。这是我当时最大的震惊；我不觉得他该死，真的不觉得；我回想起那次我和蟑螂对那个耿耿做的事情，于是我恍然明白，原来在别人眼底，我是什么模样。

“那是第一次，我害怕我身体里的遗传因子。”

该离开了，我心想。

我想离开可是却又茫然无措，接着在那阵子小雨打电话给我，就是我们最后见面那次；很奇怪，在小王子的一些回忆里，和小雨待在一起时，我紧绷了好久的神经终于因此而得到救赎；最后送小雨上火车之后，我打了电话给蟑螂，问他哥哥是不是还在台北当唱片公司的宣传？接着隔天，我收拾了简单的行李把车开往台北，经过中部的时候，我把车转了方向，是为了拜访小姑姑，也是为了向她说声谢谢，那几年，真的很谢谢她，谢谢她带走我，谢谢她保护我，谢谢她宽容我。

谢谢。

后来的事你知道了，我埋葬过去，进了唱片公司工作，经过一定程度的努力，还有若干程度的机灵，我为自己得到个厉害的办公室，有个厉害的名片抬头，交往厉害的名人，过着我以前从来没想过的生活，我很满意这样的生活，花的是我自己赚的钱，做我自己喜欢的唱片，很干净，而且问心无愧。

本来我以为可以遇见小雨的，在台北的某个地方，或许是便利商店，或许是街角的咖啡店，可是没有，从来没有；我没再遇见过小雨，就连她的电话也变成是萧凯轩在用了，我不明白怎么了，而且萧凯轩也不肯说，他是知道什么的，可是他不肯说；在电话里他只肯告诉我，小雨没去参加他的婚礼，而是亲口说了恭喜，然后把手机还给了他，连同孙燕姿重回歌坛的那张同名专辑，还附了小卡片，卡片上写着："专辑里的《我也很想他》这首歌很好听。"

就这样。

"所以呢？小雨呢？"

捻熄了香烟，她没回答我，她只是指着这七天来一直就搁在桌上却从没打开的方形纸盒，然后说：

"小雨也写了张卡片给你，我本来犹豫着要不要转交给你，不过……"

接过她从桌面递来的纸盒，纸盒里是孙燕姿最新的专辑，以及那年我送给小雨的心形项链，心形项链被保存得很好，心形项链的背面多刻了我们的名字还有我们的生日；除此之外还有一张小卡片，她说的小卡片，上头写着：

直到这首歌的时候，我还是爱着你的。

“哪首歌？”

在哽咽里，我问。

“我怀念的。”

假装了解是怕真相太赤裸裸　狼狈比失去难受

我怀念的　是无话不说　我怀念的　是一起作梦

我怀念的　是争吵以后还有想要爱你的冲动

我记得那年生日　也记得那一首歌

记得那片星空　最紧的右手　最暖的胸口

谁记得　谁忘了

我读完了歌词，也看见了我的眼泪滴落在歌词上面，那是今年三月的专辑，我记得。

之二

萧雨萱

那是今年三月的专辑,也是小雨最后听到的歌曲:我怀念的。

在孙燕姿的歌声里,小雨安详地没了呼吸,永恒地睡去;这是她的遗愿:让她在这首歌里睡于永恒,还有,代她见曹正彦一面。

从最初　到最后　的他

还有　别告诉他

小雨吃力地写下这两行字,慢慢慢慢地一笔一画,用最后的力气,写下她最后的心愿。

那时候的小雨已经不能说话了,可是比起在病床边的我们,她反而显得勇敢,好像生病的人是我们,而不是她。

勇敢。

"如果每个人都一直活着的话,这个世界大概会变得很伤脑筋吧。"

这是小雨还能说话时,说的最后一句话,不似安慰、倒像解释，不像她的年纪会有的宽容；生病反而使她勇敢，我想她说的没错。

大概是被小雨影响了吧！我也开始习惯以孙燕姿的专辑回忆我们之间的相遇，还有小雨的一生。

正如他的记忆所及，他们在二〇〇四那年、七月最后一天见面，见最后一面，接着那年十月，萧凯轩退伍并且准备结婚，他第一个打电话通知的人是小雨，而他也是小雨唯一透露病情的朋友；小雨没去参加他的婚礼，是因为当时的她身体已经禁不起长途奔波的风险，不过小雨还是和他见了一面。

“毕竟是我最重要的朋友呐！”

小雨说，那是我认识小雨以来，她难得落泪的一次。

萧凯轩到台北找小雨，他们没去太远的地方，几乎都陪着小雨待在家里，聊天叙旧，有时候小雨困了累了，他就这么静静地待着陪着。

“可能有趁我睡觉的时候偷哭吧。”

小雨笑着说，笑得宽容，也笑得怀念。

那是他们最后一次见面，因为萧凯轩要去大陆工作的关系，也因为这是小雨的要求。

“就记住我现在的样子吧！现在看起来还不错的样子。”

而萧凯轩点头，没有说话，是因为泣不成声。

“还有，手机还给你，免得哪天被你发现我一直睡着了。”

希望他们误会自己一直好好地活着，这是小雨对萧凯轩最后的任性，还有：

“给我一个拥抱好吗？因为我以后可能没有力气拥抱了。”

那是他们最后一次见面，萧凯轩依照约定没再去找小雨，也依照约定不对其他朋友说起，却不定时地会寄自拍的家庭DV给小雨；只要萧凯轩回台湾的日子，他就会找朋友见面，还有摄影，DV里有他还有他们的朋友，朋友们不晓得为什么要这样，他们以为那只是萧凯轩当了爸爸之后迷上摄影，这样而已；在DV的最后，萧凯轩总会躲进房间里录着他自己想对小雨说的话，大多数是问候的话，有时候是他叙述自己帮小雨捏造了什么什么的经历、每当朋友问起小雨时，小雨恋爱啦小雨失恋啦小雨变胖啦小雨当设计师啰……诸如此类。

小雨觉得他这个举动很可爱。

最重要的朋友，小雨的萧凯轩；没有爱情，只有感情。

接着隔年夏天，小雨病情恶化，中度全身型肌无力，医生是这么诊断的；她的家人于是决定让小雨住进医院里，而那正是我遇见小雨的地方，因为重度躁郁症而住院治疗的我；一开始我以为这个瘦小的女生是义工，因为她经常在医院里帮助别的病人，只要她还能动的时候。

“以前我只为自己而活，学我自己喜欢的服装设计，爱我自己想爱的男生;可是现在躺在病床上之后,我反而才发现,我好像没有为这个世界做过什么有帮助的事情,感觉好丢脸哦。”

那时候的小雨常常跑来我的病床旁边自顾地说话,缓慢地说话,说她的病,聊她的朋友,尤其是曹正彦;也不在乎我的漠视、我的毫不搭理以及我有时候的失控尖叫。

直到秋天吧,大概,小雨的妹妹到医院为她送来孙燕姿最新的专辑,而《雨天》这首歌,是我开口和她说话的最初,或者应该说是,我终于肯让自己说话的开始;感谢她的陪伴,我慢慢慢慢走出躁郁,只是……嗯。

然后是今年……

今年七月,小雨长眠。

凝望着他滴落在歌词上的眼泪,我在脑海里迅速略过这些画面,有一度我真的很想据实以告,真的认为他是有权利知道真相的,他毕竟是小雨至死都爱的男人,可是……

可是凝望着他的眼泪,我发现我开不了口,我不忍心,于是我才发现,以前的我从来不会不忍心,而小雨改变了我,不是她的病痛,也非她的早逝,却是她的善良和宽容。

“其实……”清了清喉咙,我要自己改变话题,我不知道会不会能不能成功,因为这七天的相处,我发现他比我想象的还要聪明,“其实这是我最后一天到这里来。”

其实我本来只打算见他一个下午而已的，那第一个下午。

“嗯？”

“总得找点什么事情做，每天这样喝咖啡消磨时间，恐怕不会是什么好人生。”

“呵。”

他礼貌性地笑了笑，我看出他其实发现我的话题移转，他其实还在等待我的答案——所以呢？小雨呢？可是他没再追问，他绅士，他聪明；而且很奇怪的是，我竟有种他其实已经猜到了的错觉。

“打算重新拍片吗？”

“没有拍片计划。”

我快快地说，然后我们相视而笑；那是我们第一次见面时的话题，不过是七天之前，可感觉却好像已经一辈子了。

“很好笑，”捻熄了烟，我感慨：“那些年我赚了很多钱，简直比睡觉还容易，可是我没怎么花，没时间花，也没必要花，因为什么都有人赞助；相信吗？任何东西都有人赞助，抢着赞助，任何东西。”

“没道理不相信呐！”他温柔地笑着，“因为你是洛希呐！”

“呵。”

我以前是洛希，而现在，我只是洛希了。

“那些年赚的钱就这么闲置着，直到我崩溃之后才派上用场，把住院的费用付清之后，剩下的钱或许就用来开个咖啡馆吧。”

“不赖嘛。”

老老旧旧的咖啡馆，我想象，有着岁月的味道，我希望。

坐落在巷子里，小小的没招牌的咖啡馆，我的咖啡馆，不起眼得就像是个飘着咖啡香味的寻常住家，或许兼着也卖酒吧，我打算；大门会是沉重的木头材质，很大的吧台会是推开门之后的第一个重点，因为它会占了咖啡馆一半以上的空间，吧台前会放着由世界各地收集来的咖啡豆，我不会太用心整理它们，我知道；咖啡机会有两台，一台意式一台虹吸，讨厌的客人用前者，顺眼的用后者；桌子不打算摆太多，顶多五张吧，我琢磨，最大的四人座最小的两人座；不禁烟，当然不禁烟，不禁烟也不摆放书报杂志，我讨厌太过现实意味的书报杂志，我受够了资讯爆炸的生活，我并且很不耐烦时效性太短的书报杂志；音乐会是西洋老歌，客人最好识相点不要太吵，因为我会很不高兴。

“不赖。”听完我计划中的咖啡馆之后，他又重复了一次，而这次他坐直了身体，热切地问：“要取什么名字？这咖啡馆？”

“不取名字，”不取名字，当然不取名字，我讨厌有名字的咖啡馆，尤其是连锁的那些，“随便来的人爱怎么叫它就怎么叫。”

“正点。”把刻有他们名字的项链紧握在手心里，他提议：

“这样吧！每天的第一杯咖啡卖给我,好吗?”

“直到什么时候?”

“直到我和自己和好为止。”

“不赖。”

“是啊。”

望着他紧握的手心,我说:“雨天就免费吧。”

“为什么?”

“因为雨天还出门喝咖啡,太寂寞了啊。”

The End

写在《拥抱》之后

某种程度上延续了《缺》的风格，某种程度上又做了若干的改变，是这样子的一个想法；也于是在决定好书名及故事的大概之后，我预先给自己半年的时间写它，半年，或许更久，缓慢且毫不焦虑的那种。

一开始我只是想写一个在学生时代耀眼风光然而长大之后却平凡掉了的男人，我身边有过几个这样的人，无论是朋友，或者朋友的朋友，甚至是我爱过的人；说不上是因为哪个事件开始，我好奇他们会怎么看待这些经过还有改变，我于是和他们谈了很多，找了很多的资料，消耗掉大量的车程往返及咖啡；然而我并不这么直接问对方，我只是坐在对面，然后倾听，然后感受，每当结束一段长谈之后，故事的原貌就重新融合然后重写一遍，是如此的小心翼翼。

这对我而言是个很大的改变，因为一直以来我的文字是自我且霸道的，我甚至不认为自己需要别人的故事，我有自己的方式，而那方式支撑了我六七年来的写作生活，并且还会继续接下来的六七年;只是不知道为什么,这本《拥抱》我想要这么尝试它,我猜我把哥哥的名字用进书里大概是个重要的因素。

我并不晓得这本《拥抱》能不能成为我期望的某个什么,某个我一直想要写出的爱情经典,经典到往后别人只记得这本书却忘记是谁写的;只是,虽然打从心底是这么期望着并且努力着,不过另一方面却也深深明白着,它可能也只变成是我作品集里的其中之一;不过无所谓,因为这就是所谓的人生,及写作。

追求,但不强求。

努力,然后接受。